【中华国学经典精粹】

中华神话故事

张小燕 编

北京联合出版公司
Beijing United Publishing Co.,Ltd

图书在版编目（CIP）数据

中华神话故事 / 张小燕编. —北京：北京联合出版公司，2017.4（2023.5 重印）
（中华国学经典精粹）
ISBN 978-7-5596-0251-0

Ⅰ. ①中… Ⅱ. ①张… Ⅲ. ①神话–作品集–中国 Ⅳ. ①I277.5

中国版本图书馆CIP数据核字（2017）第079738号

中华神话故事

作　　者：张小燕
选题策划：宿春礼
责任编辑：李艳芬　徐秀琴
封面设计：新纪元工作室
版式设计：新纪元工作室
责任校对：付玮婷

北京联合出版公司出版
（北京市西城区德外大街83号楼9层　100088）
三河市冀华印务有限公司　新华书店经销
字数：130千字　787毫米×1092毫米　1/32　5印张
2017年7月第1版　2023年5月第6次印刷
ISBN 978-7-5596-0251-0
定价：15.80元

故事之美，生生不息

两千五百多年前，孔子曾在河边发出这样的感叹："逝者如斯夫，不舍昼夜！"光阴如白驹过隙，在同样的春夏秋冬中，人类走过了不同的悲欢聚散，最后沉淀下来的，就是我们所知道的历史。

华夏子孙世代相传，从古至今没有改变的是对文化的热忱和尊重。从史官秉笔直书，到文人惜墨如金，无不源于我们对古老的文化与生俱来的崇拜。时间留给中国人的财富，就是沉甸甸的五千年历史。而在这历史的河床之下，酝酿着中华文化的精髓——国学。

四书五经、经史子集，穷则独善其身、达则兼济天下的贤者智慧；诗词曲赋、琴棋书画，变幻的形式之下延伸着我们对美的追求和触摸；亭台楼阁、水榭雕栏，普通的生活也可以充满诗情画意；太极八卦、针灸推拿，在有限的人生之中也可以聆听自然永恒的大道……传统生活的衣食住行皆有精粹，它们是民族的灵魂，也是五千年历史的生动传神之所在。

用故事的方式向孩子传授国学常识，它的意义已经远远超过了教育，而是一种爱的表达，更是对历史的交代、对后人的负责、对民族的贡献。因为，只有懂得欣赏传统、理解传统的民族才能传承并发扬传统文化精粹，而一个有着自己的灿烂文化的民族才会有光明的未来。

站在前人的肩膀上，孩子们可以看到更广阔的风景，经历更成熟的人生。因此，我们向家长呈现了这样一套书，包括中华上下五千年的历史故事、汉字故事、成语故事、寓言故事、神话故事、民间故事、谚语故事七本，将中国传统文化用故事的方式一一呈现。

有好书，还需要有眼光的人去赏识，有心的人去解读。对于孩子来说，父母就是最值得信赖的图书采购员、最合适的演讲者。经由父母的讲解介绍，这些林林总总的知识将更有效地传达给孩子，成为他们最熟悉的常识库，而父母为孩子讲解故事的过程也将成为他们年少时最愉快的学习经历。

这一套中华经典故事丛书，只要能培养出一颗谦逊好学的心灵，我们也就劳而无憾。我们拿出最好的知识，父母拿出一段时间和一份耐心，让孩子们走进经典故事中，这绝不仅是一场简单的分工协作，更是我们中华民族传递文化的火种。

前言

远古时代，当天地还是一片混沌的时候，出现了一个顶天立地的巨人，他一斧头将鸡蛋一般的混沌砍开，从此，天是天，地是地；当人类还没出现的时候，伟大的女娲用泥土捏出一个个小人儿，从此，人类开始繁衍生息……

神农尝百草、嫦娥奔月、仓颉造字等，这一个个生动离奇的神话传说，真实记录了上古中国人民对自然、社会以及文化现象的见解与想象。面对绚烂多彩的自然世界，面对险恶的生存环境，中国古代人民发挥了他们极致的想象，将一切变得如此生动而瑰丽。

由于古代生产力水平很低，人们不能科学地解释世界起源、自然现象及社会生活的矛盾、变化，于是借助幻想，把自然力拟人化。中国神话，就是古代先民们经过长期的社会实践，在劳动生活中创造出来的一种文学形式，主要以口头传播为主，后来被记载下来。它是先民们对天地宇宙、人类起源、自然万物、生命探索的感性认识和解释，展示了先民们对天地万物的朴素而美好的艺术想象。

中国神话丰富多彩，蔚为大观，无论是对天地的开辟，还是天上神灵的诞生，无论是人类的出现，还是各个朝代的古老传说，都有详细的描述。例如，盘古开天辟地，是先民们对天地以及日月星辰形成的想象；女娲造人，是先民们对于人类存在的思考；燧人氏钻木取火是先民们对火的期望；仓颉造字则表达了先民们对文字的迫切要求；神农尝百草，让我们了解了先民对疾病的治疗和无所畏惧；大禹治水，令人动容于大禹的艰辛和努力……

中国神话奇妙多姿，意境深邃，蕴含着丰富的历史文化，是中华民族璀璨文学中的瑰宝。它具有很强的艺术性、思想性和故事性，从中我们可以了解上古先民们一路走来的艰辛，可以看到他们对真、善、美的追求，可以看到其中无比的英雄气概，以及先民们对美好未来的执着追求。

这些看起来很虚幻的神话故事中所蕴含的飘忽的意境，正是神话能够经久不衰的原因。虽然并不真实，却能让先民们痛苦的心灵得到慰藉，同样也能帮助现在的我们抗击现实中的丑陋。从艺术上来说，神话具有强烈的积极浪漫主义精神，如离奇的情节、奇特的幻想、大胆的夸张、丰富的想象。

目 录

盘古开天辟地

【原文】

天地浑沌如鸡子，盘古生在其中。万八千岁，天地开辟，阳清为天，阴浊为地。盘古在其中，一日九变。神于天，圣于地。天日高一丈，地日厚一丈，盘古日长一丈。如此万八千岁，天数极高，地数极深，盘古极长。故天去地九万里，后乃有三皇。

首生盘古，垂死化身。气成风云，声为雷霆，左眼为日，右眼为月，四肢五体为四极五岳，血液为江河，筋脉为地里，肌肉为田土，发为星辰，皮肤为草木，齿骨为金石，精髓为珠玉，汗流为雨泽。身之诸虫，因风所感，化为黎甿。

——《三五历纪》

【译文】

在远古的时候，天地一片混沌，就像一个鸡蛋，盘古就出生在这之中。过了一万八千年，盘古开天辟地，轻飘飘、清亮亮的东西开始向上飘去，慢慢形成了天，沉重而浑浊的东西向下沉去，慢慢形成了地。盘古在天地中间，一天能变化九次。他头顶上是晴朗的天，脚底下是厚重的地。天每天增高一丈，地每天增厚一丈，盘古每天也长高一丈。就这样过了一万八千年，天变得非常高，地变得非常厚，盘古变得非常高大。所以天地之间距离九万里，然后才产生了天皇、地皇、人皇。

开天辟地时首先出生的是盘古。盘古临死前，变化自身。他嘴里呼出的气变成了风云，声音变成了雷霆，左眼变成了太阳，右眼变成了月亮，四肢五体变成了四根撑天的柱子和五座高山（东岳泰山、西岳华山、南岳衡山、北岳恒山、中岳嵩山），血液变成了江河，筋脉变成了山脉和道路，肌肉变成了田地，头发变成了天上的星星，皮肤变成了草和树木，牙齿变成了金属矿物和石头，精髓变成了珍珠和玉石，汗水变成了润泽万物的雨露。他身上的寄生虫，由于受到风的催化，就变为大地上的黎民百姓。

女娲造人

【原文】

俗说开天辟地，未有人民，女娲抟黄土做人。剧务，力不暇供，乃引绳于泥中，举以为人。故富贵者，黄土人；贫贱者，引绳人也。

——《风俗通》

【译文】

传说盘古开天辟地以后，世界上还没有人类，女娲用黄土捏成人。工作十分繁重，女娲实在力不从心，就把绳子抛入泥中，向上一抛，掉下来的泥点子就变成了人。所以富贵的人，都是用黄土捏的人；贫贱的人，都是用绳子抛下来的泥人。

共工与颛顼的战争

【原文】

昔者，共工与颛顼争为帝，怒而触不周之山，天柱折，地维绝。天倾西北，故日月星辰移焉；地不满东南，故水潦尘埃归焉。

——《淮南子》

【译文】

以前，水神共工和火神祝融为了争夺天帝的位置打起仗来。（水神共工被打败后）非常愤怒，一头撞下不周山，支撑天的柱子折断了，系挂地的绳子断开了。天向西北方倾斜，所以日月星辰都向西北移动。地向东南方向下陷，所以江河流水和泥沙都向东南角汇聚。

女娲补天

【原文】

往古之时，四极废，九州裂，天不兼覆，地不周载，火爁（làn）炎而不灭，水浩洋而不息，猛兽食颛民，鸷鸟攫老弱。于是，女娲炼五色石以补苍天，断鳌足以立四极，杀黑龙以济冀州，积芦灰以止淫水。苍天补，四极正；淫水涸，冀州平；狡虫死，颛民生。

——《淮南子》

【译文】

远古的时候，支撑天地四方的四根柱子倒了，大地裂开，天不能普遍地覆盖万物，大地不能全面地承载万物。火势凶猛，扑不灭，水势浩大，流不尽，凶猛的野兽吃善良的百姓，凶猛的鸟用爪抓取老人和小孩。在这时，女娲炼制五色石来补天，砍了鳌（传说中海里的大龟或大鳖）的大腿竖在了东南西北四个方向，在冀州杀死黑龙，积累芦灰止住了洪水。补好了天，四极平稳；洪水消逝，冀州平和；狡虫死了，人民得以生存。

五帝治五方

【原文】

东方，木也，其帝太皞，其佐句芒，执规而治春。南方，火也，其帝炎帝，其佐朱明，执衡而治夏。中央，土也，其帝黄帝，其佐后土，执绳而制四方。西方，金也，其帝少昊，其佐蓐收，执矩而治秋。北方，水也，其帝颛顼，其佐玄冥，执权而治冬。

——《淮南子》

【译文】

东方是木星，它的天帝是太皞，辅助他的大臣是句芒，拿着圆规（画圆形的工具）而治理春季。南方是火星，它的天帝是炎帝，辅助他的大臣是朱明，拿着衡（秤杆）而治理夏季。中央是土星，它的天帝是黄帝，辅助他的大臣是后土，拿着绳（用于取直的墨线）而治理四方。西方是金星，它的天帝是少昊，辅助他的大臣是蓐收，拿着矩（画直角或方形的工具）而治理秋季。北方是水星，它的天帝是颛顼，辅助他的大臣是玄冥，拿着权（秤锤）而治冬季。

黄帝梦游华胥国

【原文】

（黄帝梦游华胥国，华胥之人）其国无帅长，自然而已；其民无嗜好，自然而已；不知乐生，不知恶死，故无夭殇；不知亲己，不知疏物，故无所爱憎；不知背逆，不知向顺，故无所利害。都无所爱惜，都无所畏忌，入水不溺，入火不热。

——《列子》

【译文】

（黄帝做梦，游历华胥国。华胥国）这个国家没有老师和官长，一切顺其自然；那里的人民没有任何不良的嗜好，一切顺其自然；他们不知道以生存为快乐，不知道以死亡为可恶，所以那里没有未长大成人而死亡的人；人民不知道私爱自身，不懂得疏远外物，所以那里没有喜爱和憎恨的东西；不反对与叛逆，不知道赞成与顺从，所以没有有利与有害的事情。没有什么值得偏爱与吝惜的，也没有什么值得畏惧与忌讳的，进入水中淹不死，进入火中也不觉得热。

仁者黄帝

【原文】

古者黄帝四面。

——《太平御览》

黄帝之初，养性爱民，不好战伐，而四帝各以方色称号，交共谋之，边城日惊，介胄不释。黄帝叹曰："君危于上，民不安于下，主失于国，其臣再嫁，厥疾之由，非养寇邪？今处民萌之上，而四盗亢衡，递震于师。"于是遂即营垒，以威四帝。

——《太平御览》

【译文】

在古代，黄帝统治四方。

在黄帝当政初期，修养自身，爱惜百姓，不喜欢战争攻伐，而四方之帝以东南西北四个方向和颜色称号，计划谋取黄帝的帝位，边城日夜惊扰，战士都不能脱下战袍。黄帝感叹说："上面君主危险，（那么）

下面百姓惶恐不安，君主失去国家，他的大臣侍奉新的国君，这就是灾难的缘由，难道不是在养盗匪吗？如今（我是）百姓的君主，四方盗贼抗衡，造反的军队传送震惊。”在这时，黄帝就建筑壁垒，以威慑四帝。

天地之所昆仑山

【原文】

海内昆仑之虚，在西北，帝之下都。昆仑之虚，方八百里，高万仞。上有木禾，长五寻，大五围。面有九井，以玉为槛。面有九门，门有开明兽守之，百神之所在。在八隅之岩，赤水之际，非仁羿莫人能上冈之岩。

昆仑南渊深三百仞。开明兽身大类虎而九首，皆人面，东向立昆仑上。

开明西有凤皇、鸾鸟，皆戴蛇践蛇，膺有赤蛇。

开明北有视肉、珠树、文玉树、玗琪树、不死树。凤皇、鸾鸟皆戴瞂。又有离朱、木禾、柏树、甘水、圣木曼兑，一曰挺木牙交。

开明东有巫彭、巫抵、巫阳、巫履、巫凡、巫相，夹窫窳之尸，皆操不死之药以距之。窫窳者，蛇身人面，贰负臣所杀也。

服常树，其上有三头人，伺琅玕树。

开明南有树鸟，六首；蛟、蝮、蛇、蜼、豹、鸟秩树，于表池树木，诵鸟、鶽、视肉。

——《山海经》

【译文】

海内的昆仑山，屹立在西北方，是天帝在下方的都城。昆仑山，方圆八百里，高一万仞。山顶上有一根像大树似的稻谷，高达五寻，粗细要五个人合抱。昆仑山的每一面有九眼井，用玉作为栏杆。昆仑山的每一面有九个门，每个门都有开明神兽守护，是百神居住的地方。在八方山岩之间，赤水的岸边，除了像后羿那样有本领的人，没有人能攀上那些山冈岩石。

昆仑山的南面有三百尺深的渊潭。有一只开明神，身体大得像老虎，有九个头，都是人一样的面貌，向东站在昆仑山顶。

开明神兽的西面有凤凰、鸾鸟栖息，都各自缠绕着蛇，踩踏着蛇，胸前有红色的蛇。

开明神兽的北面有视肉、珠树、文玉树、玗琪树、不死树。那里的凤凰、鸾鸟都戴着盾牌。还有三足乌、像树似的稻谷、柏树、甘水、圣木曼兑，圣木曼兑的另一种说法是挺木牙交。

开明神兽的东面有巫彭、巫抵、巫阳、巫履、巫凡、巫相，他们围绕在窫窳的尸体四周，都拿着不死之药来抵御着死气对他的侵袭。窫窳是蛇身人面，被贰负和他的臣子一同设计杀死。

（有一种）服常树，上面有长着三个头的人，静静伺察着那就在附近的琅玕树。

开明神兽的南面有树鸟，它长着六个头；那里还有蛟、蝮、蛇、蜼、豹、鸟秩树，都环列在一个水池周围，还有诵鸟、鶽鸟、视肉怪兽。

黄帝失玄珠

【原文】

黄帝游乎赤水之北，登乎昆仑之丘而南望，还归，遗其玄珠。使知索之而不得，使离朱索之而不得，使吃垢索之而不得也，乃使象罔，象罔得之。黄帝曰："异哉！象罔乃可以得之乎？"

——《庄子》

罔象求而得之，后为蒙氏之女奇相氏窃其玄珠，沉海去为神。

——《云笈七签》

震蒙氏之女，窃黄帝玄珠，沉江而死，化为此神，即今江渎庙也。

——《蜀梼杌》

【译文】

黄帝在赤水的北岸游玩，登上昆仑山巅向南观望，不久返回而遗失玄珠。派才智超群的知去寻找未能找到，派善于明察的离朱去寻找未能找到，派善于闻声辨言的吃垢去寻找也未能找到。于是让无智、无视、无闻的象罔去寻找，而象罔找回了玄珠。黄帝说："奇怪啊！象罔怎么找到的呢？”

象罔求玄珠而得之，后来被蒙氏的女儿奇象偷走，沉海里，化为神。

震蒙氏的女儿，从黄帝那里偷了玄珠，沉江死了，化为江神，就是今天的江渎庙。

炎黄之争

【原文】

炎帝者，黄帝同母异父兄弟也，各有天下之半。黄帝行道而炎帝不听，故战于涿鹿之野，血流漂杵。

——《商君书》

黄帝与炎帝战于阪泉之野，帅熊、罴、狼、豹、貙、虎为前驱，以雕、鹖、鹰、鸢为旗帜。三战然后得行其志。

——《绎史》

神农之世，男耕而食，妇织而衣，刑政不用而治，甲兵不起而王。神农氏既殁，以强胜弱，以众暴寡，故黄帝内行刀锯，外用甲兵。

——《列子》

【译文】

炎帝是黄帝同母异父的兄弟，他和黄帝各自拥有半个天下。黄帝推行仁义之道，炎帝不肯服从，于是两人在涿鹿原野上展开一场大战。战争酷烈无比，死伤者血流成河，连狼牙棒都漂浮起来。

黄帝同炎帝在阪泉的原野上打仗，黄帝领导熊、罴、狼、豹、貙、虎打前锋，用雕、鹖、鹰、鸢等猛禽为旗帜。经过多次较量，最终获得胜利。

神农在位时，男子耕耘，妇女织布，不动刑罚而治理国家，不动刀兵而称王天下。神农死后，天下大乱，以强凌弱、以众欺寡的事情很多。黄帝为了恢复秩序，只好用严刑治理内部，以刀兵对付外敌。

伏羲出世

【原文】

太昊之母，居于华胥之渚，履巨人迹，意有所动，虹且绕之，因而始娠，生帝于成纪，以木德王，为风姓。

——《竹书纪年》

【译文】

伏羲的母亲，住在华胥国的河边，看到沼泽边有一个巨人的大脚印，便去踩这巨人的脚印，她一踩顿时有某种奇特的感觉，彩虹环绕着她，后来她就怀孕了，在成纪生下一个男孩，以木德为王，就是风姓（姓氏）。

兄妹结婚

【原文】

昔宇宙初开之时，有兄妹二人在昆仑山，而天下未有人民。议以为夫妻，又自有羞耻心。兄即与妹上昆仑山，咒曰："天若遣我兄妹二人为夫妻，而烟悉合，若不，使烟散。"于烟即合。其妹即来就兄。乃结草为扇，以障其面。今时取妇执扇，象其事也。

——《独异志》

【译文】

当初宇宙刚刚开始的时候，有兄妹两个人居住在昆仑山，当时还没有人类。他们商议打算成为夫妻，但又有羞耻心。哥哥随即带着妹妹上了昆仑山，赌咒说："天如果同意我们兄妹二人成为夫妻，那么烟就汇合。如果不同意，那么烟就散去。"于是烟就汇合了，妹妹女娲就要与哥哥相会。于是用草结成扇子，用来遮住脸面。今天娶妻时候妇人拿着扇，就是象征这个事情的。

混沌开七窍

【原文】

南海之帝为倏，海之帝为忽，中央之帝为浑沌。倏与忽时相与遇于浑沌之地，浑沌待之甚善。倏与忽谋报浑沌之德，曰："人皆有七窍以视听食息此独无有，尝试凿之。"日凿一窍，七日而浑沌死。

——《庄子》

【译文】

南海国的帝王叫倏，海的帝王叫忽，中央的帝王是浑沌。倏与忽时常在浑沌的领地上相遇，浑沌热情地招待了他们。倏与忽为了报答浑沌的恩德，说："人都有七窍，以便看、听、吃、呼吸，而你却没有，我们帮你凿一个吧。"于是每天给浑沌凿一窍，七天凿了七窍后，浑沌死了。

伏羲八卦

【原文】

古者包牺氏之王天下也，仰则观象于天，俯则观法于地，观鸟兽之文与地之宜，近取诸身，远取诸物，于是始作八卦，以通神明之德，以类万物之情。

——《周易·系辞》

【译文】

古代包牺氏，也就是伏羲，成为天下的王。他抬头天上观察天象，低头观察地形，还观察鸟兽的纹里和适宜生长在大地上的种种事物，近的取自于身，远的取自于物，开始制作八卦，用来沟通神明的德行，（用来）归纳万物的道路。

燧人氏钻木取火

【原文】

太古之初，人吮露精，食草木实，山居则食鸟兽，衣其羽皮，近水则食鱼鳖蚌蛤，未有火化，腥臊多，害肠胃。于使（是）有圣人出，以火德王，造作钻燧出火，教人熟食，铸金作刃，民人大悦，号曰燧人。

——《古史考》

民食果蓏蚌蛤，腥臊恶臭而伤害腹胃，民多疾病。有圣人作，钻燧取火，以化腥臊，而民悦之，使王天下，号曰燧人氏。

——《韩非子》

遂明国不识四时昼夜，有火树名遂木，屈盘万顷。后世有圣人，游日月之外，至于其国，息此树下。有鸟若鸮，吸树则灿然火出。圣人感焉，因用小枝钻火，号燧人。

——《路史》

【译文】

太古之初，人类喝露水，吃草木的果实，在山里居住的人则吃鸟兽，用它们的羽毛和皮做衣服穿，靠近水的人则吃鱼鳖河蚌，这些都没有经过火煮熟，很腥臊，很伤害肠胃，很多人因此生病。在这时，出现了一个圣人，钻木取火，教大家做熟食，还锻造金属做成匕首，人民非常高兴，就让他成为天下的王，叫作燧人氏。

百姓吃生的果蔬和蚌蛤的肉，伤害脾胃，所以经常生病。有一个圣人，钻燧取火，消除了腥臊之味。百姓非常高兴，就让他当天下的王，叫他燧人氏。

有一个叫遂明国的国家，那里的人从来不知道什么叫春夏秋冬，什么叫白日昼夜。国里有棵名叫遂木的火树，屈盘起来，占地面积有一万顷地那么大。后来，有一个圣人，漫游到了日月所照以外的远方，来到此国，在这棵大树下休息。忽然看见许多像鸮的鸟，在大树的枝叶间用嘴啄木，每啄一下，就有灿然的火光发出。（于是，）圣人感悟到了“钻木生火”的道理，所以就试用小树枝来钻火，果然钻出火来。（因此，）后人就称他为燧人。

祝融取火

【原文】

炎帝之妻，赤水之子听訞生炎居，炎居生节并，节并生戏器，戏器生祝融。

——《山海经》

重黎为帝喾高辛居火正，甚有功，能光融天下，帝喾命曰祝融。

——《史记》

祝诵氏，一曰祝龢，是为祝融。……以火施化，号赤帝。故后世火官因以为谓。都于会，故郑为祝融之墟。其治百年，葬衡山之阳，是以谓祝融峰也。

——《路史》

【译文】

炎帝的妻子，是赤水的孩子，叫听訞，生下炎居，炎居生了节并，节并生了戏器，戏器生了祝融。

重黎就是帝喾高辛氏火正，有功劳，能光照天下，帝喾命名叫祝融。

祝诵氏，也叫祝龢，就是祝融……用火照耀大地，被称为炎帝。后世的火官都被这样称呼。祝融建都在会，所以郑是祝融的领地。他治理一百年，死后被葬在衡山之南，这座山峰也因此被称为祝融峰。

春帝句芒

【原文】

东方之极，自碣石山，过朝鲜，贯大人之国，东至日出之次，榑（tuán）木之地，青土树木之野，太皞、句芒之所司者万二千里。

——《淮南子》

太皞，伏羲氏，以木德王天下之号，死祀于东方，为木德之帝。……勾芒，少皞氏之裔子曰重，佐木德之帝，死为木官之神。

——《吕氏春秋》

【译文】

东方的最远处，从碣石山出发，路过朝鲜，走过巨人国，一直向东来到接近太阳升起的地方，那里长满扶桑树，到处都是青土和长满树木的土地，（这是由）伏羲（太白皋）和句芒两位神仙所管理的一万两千里的土地。

太暤，就是伏羲氏，以木德统治天下的称号，死后祀于东方，成为木德之帝。……勾芒，少暤氏的裔子，名字叫作重，辅佐木德之帝，死后称为木神。

少昊降世

【原文】

少昊以金德王，母曰皇娥，旋宫而夜织，或乘桴木而昼游，经历穷桑苍茫之浦。时有神童，容貌绝俗，称为白帝子——即太白之星——降于桑际，与皇娥宴戏，奏便娟之乐，游漾（漾水，今西汉水）忘归。

帝子与皇娥泛于海上，以桂枝为表，结熏茅为旌，刻玉为鸠，置于表端，言鸠知四时之候。故《春秋传》曰，司至是也。今之相风，此之遗象也。

帝子与皇娥并坐，抚桐峰梓瑟。皇娥倚瑟而清歌，白帝子答歌。

及皇娥生少昊，号曰穷桑氏，一号金天氏。时有五凤，随方之色，集于帝庭，因曰凤鸟氏。

——《拾遗记》

【译文】

少昊以金德而统治天下，他的母亲叫皇娥，原是天上的织女，在美玉建造的宫殿里经常彻夜织布，疲倦时常常轻摇木筏到银河里徜徉。有一次，当她来到穷桑的旷远而迷茫的水域时，遇到一位容貌俊美的神童，自称是白帝之子——就是太白星——降到穷桑之地。这位太白星化身成的英俊少年在穷桑与皇娥相遇，彼此一见钟情，常在一起游戏玩耍，演奏美好的音乐，在漾水游玩而忘记回家。

白帝之子与皇娥泛舟海上，用桂枝做船桅，用熏茅做旌旗，将玉刻成鸠的样子，放在船桅的顶端，认为鸠知道四时的变化。所以《春秋传》说，管理节气的官到了。现在仍保留的这种风俗，正是从这里遗留下来的。

白帝之子与皇娥并肩坐着，抚桐峰梓瑟。皇娥依靠着瑟而唱歌，白帝之子对歌。

（经过一段浪漫的恋爱，皇娥便怀孕了。）后来生下了一个儿子，叫穷桑氏，又叫金天氏。当时有五只凤凰，随着不同方位变换不同的颜色，集合在白帝的宫廷，因此又叫作凤鸟氏。

少昊蓐收父子

【原文】

少昊有子曰该，为蓐收。

——《国语》

西方蓐收，左耳有蛇，乘两龙。

——《山海经》

西方之极，自昆仑绝流沙、沈羽，西至三危之国，石城金室，饮气之民，不死之野，少皞、蓐收之所司者，万二千里。

——《淮南子》

长留之山，其神白帝少昊居之，其神白帝少昊居之。其兽皆文尾，其鸟皆文首。是多文玉石。实惟员神磈氏之宫。是神也，主司反景。

泑山，神蓐收居之，西望日之所入，其气员，神红光之所司也。

——《山海经》

【译文】

少昊有个儿子叫该，就是蓐收。

蓐收主管西方，左耳有蛇，乘坐两条龙。

在西方之极，从昆仑横渡流沙、沉羽，西到三危之国，石城金室，有一个很长寿的国家，不死之民居住在那里，就是少昊蓐收管辖的区域，有一万两千里。

有座山叫长留山，天神白帝少昊居住在这里。山中的野兽都是花尾巴，飞鸟都是花脑袋。山上盛产彩色花纹的玉石。长留山实际上是员神磈氏的宫殿。这个神，主掌太阳西沉时光线射向东方的反影。

泑山，是神蓐收居住的地方，从西望去可以看见太阳出入，其气体圆，神红光管辖着那里。

炎帝神农

【原文】

炎帝神农氏人身牛首。

——《绎史》

神农既诞，九井自穿，汲一井则众水动。

——《水经注》

神农之时，天雨粟，神农遂耕而种之；作陶冶斤斧，为耒耜锄耨，以垦草莽，然后五谷兴助，百果藏实。

——《绎史》

神农以赭鞭鞭百草，尽知其凭毒寒温之性，臭味所主，以播五谷，故天下号“神农”也。

——《搜神记》

【译文】

炎帝神农氏，人身牛首。他诞生的时候，九个井自己就贯通了，取一个井的水，其他井里的水都动。

神农时候，天降粟，神农于是耕地而种这些种子。制作斧头，耕种除草，然后五谷兴盛，果实收藏丰富。

神农用赤色的鞭子鞭打百草，详细地了解每一种草的药性是平和还是性寒、或者性温，神农通过闻百草的气味，来决定用人类可以食用的植物做谷类播种。因此，天下的百姓尊称他为“神农”。

神农尝百草

【原文】

民有疾，未知药石，炎帝（神农氏）始草木之滋，察其寒、温、平、热之性，辨其君、臣、佐、使之义，尝一日而遇七十毒，神而化之，遂作文书上以疗民族，而医道自此始矣。

——《纲鉴易知录》

【译文】

上古的先民生病了，却不知道用药物来治疗。炎帝（神农氏）开始尝遍百草的滋味，观察它们的寒、温、平、热等药性，辨别它们之间的君（药）、臣（药）、佐（药）、使（药）组方原则。曾经一天遇到了七十种毒，但他都神奇地化解了这些剧毒。于是炎帝把他的观察用文字记下，记录药性用法，以便治疗百姓的疾病，医学之道就从此开始了。

伯余作衣

【原文】

伯余之初作衣也，绞（tián）麻索缕，手经指挂，其成犹网罗。后世为之机杼胜复，以便其用。而民得以形揜御寒。

——《淮南子》

【译文】

伯余，皇帝的大臣，当初制作衣服和缕，用手把麻搓成细线，并在木头上拉出经线，然而用手指一根一根勾起经线，用细线在经线中往返穿梭，做出来的布就像现在的渔网一样。后来的人们发明了用木头制作的机器织布机，更方便使用。人民也因此用衣服来抵御寒冷。

精卫填海

【原文】

又北二百里，曰发鸠之山，其上多枯木，有鸟焉，其状如乌，文首，白喙，赤足，名曰“精卫”，其鸣自詨（xiào）。是炎帝之少女，名曰女娃。女娃游于东海，溺而不返，故为精卫，常衔西山之木石，以堙于东海。漳水出焉，东流注于河。

——《山海经》

昔炎帝女溺死东海中，化为精卫。其名自呼，每衔西山木石填东海。偶海燕而生子，生雌状如精卫，生雄如海燕。今东海精卫誓水处，曾溺于此川，誓不饮其水。一名鸟市，一名冤禽，又名志鸟，俗呼帝女雀。

——《述异志》

【译文】

再向北走二百里，有一座叫发鸠山的山，山上长满了柘树。有一种鸟，它的外形像乌鸦，头部羽毛有花纹，白色的嘴，红色的脚，名叫“精卫”，它的叫声就像是在呼唤自己的名字。（传说这种鸟）是炎帝小女儿的化身，名叫女娃。有一次，女娃去东海游泳，溺死身亡，再也没有回来，所以化为精卫鸟，经常衔着西山上的树枝和石块，用来填塞东海。浊漳河就发源于发鸠山，向东流去，注入黄河。

以前，炎帝的女儿淹死在东海中，化身为精卫鸟。它的名字就像是它自己的叫声一样。它每天叼起西山的树枝石块丢进东海，想把东海填平。它和海燕成为配偶，生下幼鸟，雌鸟的样子像精卫，雄鸟像海燕。现在，东海精卫发誓守在东海边，因为自己曾在这水中淹死，就发誓不喝这里的水。它还有一个名字叫鸟市，又叫冤禽，又叫志鸟，俗称帝女雀。

黄帝战蚩尤

【原文】

蚩尤作兵伐黄帝，黄帝乃令应龙攻之冀州之野。应龙蓄水。蚩尤请风伯雨师、纵大风雨。黄帝乃下天女曰魃，雨止，遂杀蚩尤。

——《山海经》

黄帝与蚩尤战于涿鹿之野。蚩尤作大雾弥三日，军人皆惑，黄帝乃令风后法斗机作指南车，以别四方，遂擒蚩尤。

——《太平御览》

【译文】

蚩尤兴兵讨伐黄帝，黄帝命令应龙在冀州的野外迎战。应龙蓄满很多水。蚩尤请来风伯和雨师刮起了大风，下起了大雨。黄帝于是命令天女女魃止雨，雨停后，杀死蚩尤。

黄帝与蚩尤在涿鹿打仗，蚩尤施法用大雾弥漫三天，战士们都被迷惑住了，黄帝就命令风后制作法斗机，来辨别方向，最终擒拿了蚩尤。

刑天舞干戚

【原文】

刑天与帝至此争神，帝断其首，葬之常羊之山，乃以乳为目，以脐为口，操干戚以舞。

——《山海经》

【译文】

刑天与天帝（黄帝）争夺神位宝座。二者相斗，帝砍断刑天首级，并把他葬于常羊之山。但刑天魂魄不灭，竟把乳头当作眼睛、肚脐当作嘴巴，手执干戈，拿着盾和斧向天挥舞不止。

仓颉造字

【原文】

昔日仓颉作书而天雨粟，鬼夜哭。

——《淮南子》

黄帝之史仓颉，见鸟兽蹄远之迹，知今之可相别异也，构造书契。

——《说文解字》

颉有四目，仰观天象。因俪乌龟之迹，遂定书字之形。造化不能藏其秘，故天雨粟；灵怪不能遁其形，故鬼夜哭。是时也，书画同体而未分，象制肇创而犹略。无以传其意故有书，无以见其形故有画，天地圣人之意也。

——《历代名画记》

【译文】

以前仓颉造字的时候，天降粟，鬼神晚上哭泣。

黄帝的记事官员仓颉，看见鸟兽的脚印，知道可以从事物的本质及外在表现形态来区分不同的事物，（于是）开始创造了文字。

仓颉有四只眼睛，是皇帝的史官。他根据鸟兽的足迹，就确定了汉字的形状。造化不能藏住秘密，因此在仓颉造字的时候，天空降下了谷子；灵怪不能隐遁形迹，因此鬼在夜里发出哭声。在那个时候，书和画还没有分开，图画起初尤为简略。因为没有办法传情达意，因此有了书的出现；因为没有办法表达事物外形，因此有了画的出现，这都是天地圣人创制汉字的意图。

羿射九日

【原文】

逮至尧之时，十日并出，焦禾稼，杀草木，而民无所食。猰貐、凿齿、九婴、大风、封豨、修蛇皆为民害。

尧乃使羿诛凿齿于畴华之野，杀九婴于凶水之上，缴大风于青邱之泽，上射九日，而下杀猰貐，断脩蛇于洞庭，擒封豨于桑林。万民皆喜，置尧以为天子。

——《淮南子》

【译文】

到了尧统治的时代，十个太阳一起出来。灼热的阳光晒焦了庄稼，晒死了花草树木，让老百姓们连吃的东西都没有。猰貐、凿齿、九婴、大风、封豨、脩蛇这些怪物，都出来祸害百姓。

尧于是派遣羿在畴华的荒野杀死了凿齿，到凶水边上杀死了九婴，到青邱国用箭射死了大风，还射掉了天上的九个太阳，杀死地上的猰貐，斩断洞庭湖的脩蛇，在桑林生擒了封豨。天下的老百姓都非常高兴，拥戴尧，把他尊为天子。

羿娶宓妃

【原文】

帝降夷羿，革孽夏民，胡为射乎河伯而妻彼雒嫔？

——《楚辞》

雒（gòu）嫔，水神，谓宓妃也。宓妃，伏羲氏之女，溺死洛水，为神。其形也，翩若惊鸿，婉若游龙。远而望之，皎若太阳升朝霞；迫而察之，灼若芙渠出绿波。

——《文选》

【译文】

帝尧派遣夷羿降临（人间），消除忧患安慰夏民。为何用箭射那个河伯，夺取他的妻子雒嫔？

雒嫔，水神，就是宓妃。宓妃，是伏羲氏的女儿，因为淹死在洛水，成为洛神。她的形体，就像惊鸿一样翩翩，像游龙一样婉转。远远看去，明亮洁白就像太阳刚刚升起时的朝霞；近处看来，明丽耀眼就像清澈池水中亭亭玉立的荷花。

羿射河伯

【原文】

冯夷以八月上庚日渡河溺死，天帝署为河伯。河伯化为白龙，游于水旁，羿见射之，眇其左目。河伯上诉天帝，曰：为我杀羿。天帝曰：尔何故得见射？河伯曰：我时化为白龙出游。天帝曰：使汝深守神灵，羿何从得犯？汝今为虫兽，当为人所射，固其宜也。羿何罪欤？

——《楚辞》

【译文】

冯夷在八月上庚日那天，渡河被淹死了，天帝命令他当河伯。河伯化成白龙的样子，在水边游玩。后羿看见了，拿箭射他，射中了他的左眼。河伯到天庭告状说："请为我杀了后羿。"天帝说："你为什么被射呢？"河伯说："我当时化成白龙出去游玩。"天帝说："让你守护神灵，羿又怎么会冒犯你？如今你变成虫兽的样子，自然会被人所射，本来就很恰当。后羿有什么罪呢？"

嫦娥奔月

【原文】

羿请无死之药于西王母，嫦娥窃之以奔月。将往，枚筮（shì）之于有黄。有黄占之曰："吉。翩翩归妹，独将西行。逢天晦芒，毋恐毋惊，后且大昌。"嫦娥遂托身于月，是为蟾蠩（zhū）。

——《搜神记》

【译文】

后羿向西王母请求得来了可以长生不死的灵药，他的妻子嫦娥偷吃了药，逃往月宫。临去之前，嫦娥找有黄占卜。有黄占卜后告诉她："吉利。行动翩然，独自西行。遇见晦暗的天气，不要恐惧不要惊慌，以后将会昌盛。"嫦娥于是托身给月亮，成为蟾蠩（即蟾蜍）。

逢蒙学射

【原文】

逢蒙学射于羿，尽羿之道，思天下惟羿为愈己，于是杀羿。孟子曰："是亦羿有罪焉。"公明仪曰："宜若无罪焉。"曰："薄乎云尔，恶得无罪？郑人使子濯孺子侵卫，卫使庾公之斯追之。子濯孺子曰：'今日我疾作，不可以执弓，吾死矣夫！'问其仆曰：'追我者谁也？'其仆曰：'庾公之斯也。'曰：'吾生矣。'其仆曰：'庾公之斯，卫之善射者也。'夫子曰：'吾生，何谓也？'曰：'庾公之斯学射于尹公之他，尹公之他射于我。夫尹公之他，端人也，其取友必端矣。'庾公之斯至，曰：'夫子何为不执弓？'曰：'今日我疾作，不可以执弓。'曰：'小人学射于尹公之他，尹公之他学射于夫子，我不忍以夫子之道反害夫子。虽然，今日之事，君事也，我不敢废。'抽矢扣轮，去其金，发乘矢而后反。”

——《孟子》

【译文】

逢蒙跟后羿学射箭，学得了后羿的技巧后，他便想，天下只有后羿的箭术比自己强了，于是便打算杀死后羿。孟子说：“这事也有后羿自己的罪过。”公明仪说：“后羿不该有什么罪过罢。”孟子说：“罪过不大罢了，怎么能说没有呢？从前郑国派濯孺子侵入卫国，卫国派庾公之斯追击他。濯孺子说：‘今天我的病发作了，不能够拿弓，我死定了！’又问给他驾车的人说：‘追我的人是谁呀？’驾车的人答道：‘是庾公之斯。’濯孺子便说：‘那我不会死了。’给他驾车的人说：‘庾公之斯是卫国著名的射手，先生反而说不会死了，这是为什么呢？’濯孺子说：‘庾公之斯是向尹公之他学的射箭，尹公之他是向我学的射箭。那尹公之他是个正直的人，他所选择的朋友也一定正直。’庾公之斯追上来了，问：‘先生为什么不拿弓呢？’濯孺子说：‘今天我疾病发作，不能拿弓。’庾公之斯说：‘我跟尹公之他学射箭，尹公之他又跟您学射箭。我不忍心用您的箭术反过来害您。不过今天这事是国家的公事，我不敢不做。’于是抽出箭，在车轮上敲打了几下，把箭头敲掉，射出了四箭然后回去了。”

尧获重明鸟

【原文】

尧为人君，一日十瑞。

——《述异记》

尧在位七十年……有搌支之国，献重明之鸟，一名双睛，言双晴在目。状如鸡，鸣似凤，时解落毛羽，（以）肉翮而飞。能搏逐猛兽虎狼，使妖灾群恶不能为害。贻以琼膏，或一岁数来，或数岁不至。国人莫不洒扫门户，以望重明之集。其未至之时，国人或刻木，或铸金，为此鸟之状。置于门户之间，则魑魅丑类，自然退伏。今人每岁元日，或刻木铸金，或图画为鸡于牖上，此其遗象也。

——《拾遗记》

【译文】

尧担任国君时，一天会出现十次（泛指）祥瑞之兆。

尧在位七十年……搌支国进献了一只名叫重明鸟的奇鸟。这只鸟一双眼睛中各自长着两个瞳孔。样子像鸡，声音像凤凰。解落毛羽，用肉翅飞翔。它能驱逐虎、豹、豺、狼等猛兽，使妖魔鬼怪和各种灾祸不敢危害人类。它不吃食物，只要喝一点琼玉的膏液，或一年来数次，或数年都不来。当它来的时候，国人全都洒扫门户，盼望重明鸟前来栖息。当重明鸟没来的时候，人们就用木头或铜铁铸成重明鸟的形状，放在门户之间，这样禽兽鬼怪见了也会害怕，躲得远远的。所以后来的人们在过大年时，就用木刻或铜铸或剪纸，做成鸡的样子，挂在门窗上，据说这就是从那时留传下来的重明鸟的形象。

舜耕历山

【原文】

舜，姚姓也，目重瞳，故名重华。

——《帝王世纪集校》

舜耕历山，思慕父母，见鸠与母俱飞鸣相哺食，益以感思，乃作歌。

——《琴操》

舜耕历山，历山之人皆让畔；渔雷泽，雷泽之人皆让居；陶河滨，河滨器皆不苦窳。一年而所居成聚，二年成邑，三年成都。

——《史记》

【译文】

舜，姓姚，一个眼睛中有两个瞳孔，所以又叫重华。

舜在历山耕种，想念父母，看见斑鸠和它的母亲一起飞翔捕食，有所感发，就创作了歌曲。

舜在历山耕种，历山的人都让他在河畔耕种，在雷泽捕鱼。雷泽的人都让他居住，在河滨制陶，在那里的陶器没有不好的。一年后他所居住的地方就聚集起来，两年后成了一个县，三年后就成了一个大城市。

舜象之争

【原文】

舜父瞽（gǔ）叟盲，而舜母死，瞽叟更娶妻而生象。象傲，瞽叟更爱后妻子，常欲杀舜。

——《史记》

舜年二十，以孝闻；三十，而帝尧问可用者，四岳咸荐虞舜，曰可。于是尧乃以二女妻舜以观其内，使九男与处以观其外。舜居妫汭，内行弥谨。尧二女不敢以贵骄事舜亲戚，甚有妇道。尧九男皆益笃。尧乃赐舜絺衣，与琴，为筑仓廪，予牛羊。瞽叟尚复欲杀之。

瞽叟尚复欲杀之，使舜上涂廪，瞽叟从下纵火焚廪（lǐn）。舜乃以两笠自捍而下，去，得不死。后瞽叟又使舜穿井，舜穿井为匿空旁出。舜既入深，瞽叟与象共下土实井，舜从匿空出，去。瞽叟、象喜，以舜为已死。象曰："本谋者象。"象与其父母分，于是曰："舜妻尧二女，与琴，象取之。牛羊仓廪予父母。"象乃止舜宫居，鼓其琴。舜往见之。象鄂不怿，曰："我思舜正郁陶！"舜曰："然，尔其庶矣！"舜复事瞽叟爱弟弥谨。于是尧乃试舜五典百官，皆治。

——《史记》

时既不能杀舜，瞽叟又速舜饮酒，醉将杀之，舜告二女，二女乃与舜药浴汪，遂往，舜终日饮酒不醉。舜之女弟系怜之，与二嫂谐。

——《楚辞》

【译文】

舜的父亲瞽叟是个盲人，舜的母亲去世了，瞽叟又娶了个妻子，生了儿子名叫象。象非常傲慢，瞽叟又更爱他的后妻和后妻所生的儿子，常常想要杀害舜。

舜二十岁的时候，就因为孝顺而闻名；三十岁的时候，帝王尧问哪个人可以任用，部族的长老都推荐虞舜，说他可以。于是尧就把自己的两个女儿嫁给舜为妻，以观察他内在的表现。又让自己的九个儿子和舜交朋友，以观察他外在的表现。舜居住在妫汭，行为谨慎。尧的两个女儿都不敢在舜的亲戚面前傲慢娇贵，很遵守妇道。尧的九个儿子也在和舜的交往中获益匪浅。尧于是就赐给舜细葛布衣，赐予他一把琴，为他筑仓廪，给予他牛羊。但他的父亲瞽叟还是想杀死他。

瞽叟和象打算谋杀舜。瞽叟要舜上房顶涂廪（用泥土修补米仓）。舜回家告诉两位夫人说："父母让我涂米仓，我要去。"两位夫人说："那就去吧！"舜刚爬上房顶，瞽叟和象就立马抽走梯子，放火焚烧米仓。舜利用两个斗笠从房顶飞了下来，离开，得以活命。后来，瞽叟又让舜去疏通井。舜（提前）在水井的侧壁挖出一条暗道以便逃出。等舜下到井深处时，瞽叟和象就用土填井，想活埋了他。结果舜从暗道中逃了出来。瞽叟和象将舜埋在井里后，以为舜死了。象说：“我是主谋。”象要与父母分舜的家产，于是说：“舜娶了尧的两个女儿，还赐给他琴，这些给我吧。牛羊和仓库里的东西，就给父母吧。”象就居住在舜的宫殿，弹他的琴。舜前往见到了，象惊奇不已，说：“我正在思念你呢！”舜说：“这样啊，你就是一个小孩啊。”舜更加谨慎地侍奉父亲，关爱弟弟。于是尧让舜管理百官，都得到很好的治理。

眼看还不能将舜杀死，瞽叟又邀请舜喝酒，想趁他喝醉了之后再杀他。舜告诉两位夫人，两位夫人就和舜一起用药沐浴。之后，舜才前去，舜终日饮酒不醉。舜的女弟子怜惜他，与两位嫂子一起（保护舜）。

鲧禹治水

【原文】

洪水滔天。鲧窃帝之息壤以堙洪水，不待帝命，帝命祝融杀鲧于羽郊。鲧复生禹，帝乃命禹卒布土以定九州。

——《山海经》

舜之时，共工振滔洪水，以薄空桑。龙门未开，吕梁未发，江淮通流，四海溟涬（xìng）。民皆上丘陵，赴树木。舜乃使禹疏三江五湖，辟伊阙，道瀍、涧，平通沟陆，流注东海。

鸿水漏，九州干，万民皆宁其性。

——《淮南子》

禹尽力沟洫，导川夷岳，黄龙曳尾于前，玄龟负青泥于后。

——《拾遗记》

【译文】

远古时期，洪水泛滥成灾。鲧为了治水，就私下偷窃天帝（那生生不息）的“息壤”，用来阻挡洪水，而未等到天帝下令。天帝（很生气，）命令祝融抓来鲧，在羽山之郊将他杀死。鲧死后，从他的肚子里诞生了禹。天帝于是命令禹最终施行土工制住了洪水，从而划定了九州区域。

舜在位时，水神共工振荡洪水，逼近鲁地空桑一带。当时龙门还没有开启，挡着河水的去路，吕梁那块挡在河中间的大石，也没有被凿除。长江、淮河的水连成一片，四海茫茫，无边无际。百姓都奔上山丘，或逃到树上。舜命令禹疏导三江五湖之水，开凿伊阙，疏导瀍、涧二河，挖渠掘障，使大水流注东海。

洪水泄尽，九州干燥，万民又能安心度日了。

禹尽全力从事开沟挖渠的工作，疏导河川，夷平山岳。黄龙拖着尾巴在他的前面做向导，玄龟驮着青泥在后面紧紧跟随。

大禹治水

【原文】

当尧之时，天下犹未平，洪水横流，泛滥于天下。草木畅茂，禽兽繁殖，五谷不登，禽兽逼人。兽蹄鸟迹之道，交于中国。尧独忧之，举舜而敷治焉。舜使益掌火，益烈山泽而焚之，禽兽逃匿。禹疏九河，瀹济漯，而注诸海；决汝汉，排淮泗，而注之江，然后中国可得而食也。当是时也，禹八年于外，三过其门而不入，虽欲耕，得乎?

——《孟子》

禹娶于涂山，辛壬癸甲而去。生子启，呱呱啼，不及视，三过其门而不入室，务在救时——今江州涂山是也，帝禹之庙铭存焉。

——《华阳国志》

禹伤先人父鲧功之不成受诛，乃劳身焦思，居外十三年，过家门不敢入。

——《史记》

禹之王天下也，身执耒臿，以为民先，股无胈，胫不生毛，虽臣虏之劳，不苦于此矣。

——《韩非子》

【译文】

在尧那个年代，天下还没有太平，大水四处横流，让天下泛滥成灾。草木茂盛，鸟兽繁殖成群，五谷歉收，禽兽威胁人类的安全。野兽和鸟的痕迹，在中原随处可见。只有尧一人为此忧虑，他选派舜统领治理工作。舜命令伯益掌管火政，伯益放火焚烧山林沼泽的草木，使禽兽逃散藏匿。禹又疏浚九条河道，疏通济水、漯水而注入大海；挖掘汝水、汉水，开掘淮水、泗水，疏导入长江，这样中原地区才能够耕种天地。在那个时候，禹在外地八年，多次经过自己的家门都没进去，即使他想耕种，能行吗？

大禹娶了涂山氏，结婚后（后来涂山氏）生儿子启，启呱呱大哭，禹顾不上照顾孩子，（径直治水，在治水的过程中，）三过家门而不入，务必抓紧时间——今天的江州涂山还保留着大禹的祀庙。

禹哀痛父亲鲧因为治水无功被杀，就为这事忧心苦思，在外十三年，路过家门而不敢进入。

禹是天下的王，拿着锹锄，干活都在百姓之前，他大腿没有肉，小腿上不长毛，就算是劳苦之人，也没有这样辛苦的。

大禹娶涂山氏

【原文】

禹治洪水，凿轘（huàn）辕山，化为熊。谓涂山氏曰："欲饷，闻鼓声乃去。"禹跳石，误中鼓，涂山氏往，见禹化为熊，惭而去。至嵩山脚下化为石，禹曰：“归我子！”石破北方而启生。

——《淮南子》

禹行水，窥见涂山之女，禹未之遇，而巡省南土。涂山之女乃令其妾候禹于涂山之阳。女乃作歌，歌曰“候人兮猗”，实始作为南音。

——《吕氏春秋》

禹年三十未娶，行涂山，恐时暮失制，乃娶涂山女。

——《太平御览》

禹始纳涂山氏女，曰女娲，合婚于台桑，有白狐九尾之瑞，到至是为攸女。

——《帝王世纪》

【译文】

大禹治洪水，为了凿开轘辕山，就变成了熊。他对涂山氏说：“将到中午的时候，你听见鼓声就离开。”大禹跳石头的时候，不小心踢中鼓。涂山氏听见鼓声就过来了，看见大禹正变成熊，羞愧而离开了。到了嵩山脚下变成了石头。大禹说：“把我的孩子还给我！”石头的北面破裂生出了儿子启。

大禹巡视治水的过程中，遇见了涂山氏的女儿。禹没有来得及与她举行结婚典礼，就到南方巡视去了。涂山氏就命令她的婢女在涂山之阳等候大禹。涂山氏为此作了一首歌曲“候望人啊”。这可以看作是南部音乐的开端。

禹治水，三十岁还没有娶亲，走到涂山，担心自己岁数太大失去礼制，就娶涂山女。

大禹娶涂山氏，叫作女娲，二人在台桑结婚，那天有白狐九尾祥瑞出现，因此被封为攸女。

大禹斩防风氏

【原文】

昔禹致群神于会稽之山，防风氏后至，禹杀而戮之，其骨节专车。

——《国语》

防风氏后至，戮之以徇于诸侯，伐屈骜，攻曹魏，而万国定。

——《路史》

【译文】

从前，禹召集氏族部落首领在会稽山上开会，防风氏部落的首领迟到了，禹就杀了他，他的骨节用车来装。

防风氏部落的首领迟到了，禹杀了他以让诸侯顺从，后来讨伐屈骜，攻击曹魏，然后国家方定。

禹王锁蛟

【原文】

水兽好为害，禹锁于军山之下，其名曰无支奇（无支祁）。

——《山海经》

禹怒，召集百灵，受命夔、龙、桐柏等山君长稽首请命。禹因囚鸿蒙氏、商章氏、兜卢氏、犁娄氏，乃获淮涡水神名无支祁……禹授之童律，不能制；授之乌木由，不能制；授之庚辰，能制。鸱脾、桓胡、木魁、水灵、山妖、石怪，奔号聚逃，以数千载，庚辰以戟逐之颈锁大索，鼻金铃、徙淮阴之龟山足下，俾淮水永安流注海也。

——《太平广记》

有李汤者，永泰楚州刺史，问渔人见龟山下水中有大铁锁，乃以人牛曳出之。霎时风涛陡作，有一兽形如猿猴，高五丈许，白首长鬐，雪牙金爪，闯然上岸，张目若电，顾视人群，欲发狂怒。观者畏而奔走，兽亦徐徐引锁曳牛入水去，竟不复出。

——《太平广记》

【译文】

大禹治水时，水兽一直祸害人间，大禹就把它锁在了军山的下面，叫作无支奇（无支祁）。

大禹很生气，召集百种神灵，命令夔、龙、桐柏等山神千君也来请求任务。禹因此囚禁鸿蒙氏、商章氏、兜卢氏、犁娄氏，还捕获了淮河、涡水中的水神，名字叫无支祁……大禹奏乐曲给它听，降服不了它；把它交给乌木由，也制服不了它；把它交给庚辰，才打败了它。鸱脾、桓胡、木魁、水灵、山妖、石怪等，奔走哭号逃跑，有数千年。庚辰用戟把它们打跑了。他给无支祁的脖子锁上大铁链，鼻子上穿上金铃，送到淮阳县龟山脚下，是想让淮河水永远平安地流到海里。

有一个叫李汤的人，是永泰楚州刺史，听说有打鱼的渔夫看见龟山下的水中有大铁锁，就命令人用牛拉出来。突然间风云突变，有一个像猿猴的怪兽，高五丈有余，白色的彖，长长的胡须，金色的爪子，闯上岸来，张开眼睛就像闪电一样，看着人群，就想要发怒。观看的人都害怕得到处跑，怪兽就慢慢拉着铁锁、牵引着牛进入水中，不再出来。

禹杀相柳

【原文】

共工臣名曰相繇，九首蛇身，自环，食于九土。其所歍所尼，即为源泽，不辛乃苦，百兽莫能处。禹湮洪水，杀相繇，其血腥臭，不可生谷。其地多水，不可居也。禹湮之，三仞三沮，乃以为池，群帝因是以为台，在昆仑之北。

——《山海经》

【译文】

共工有一个大臣名叫相繇，有九个脑袋，蛇的身体，盘旋自绕成一团，贪婪地霸占九座神山而索取食物。

他所喷吐停留过的地方，都变成了大沼泽，而气味不是辛辣就是很苦，百兽中没有能居住在这里的。大禹在治理洪水的时候，运用神力杀了相繇。相繇身上流出的血又腥又臭，使谷物不能生长，那个地方有很多水，使人不能居住。大禹尝试用泥土填塞，但多次填平沼泽却多次塌陷，大禹只好把这片土地劈为池子，并为众天帝在池边建造高台，（诸帝台）位于昆仑山的北边。

天帝赐玄圭

【原文】

禹锡玄圭，告厥成功。孔传：“玄，天色，禹功尽加于四海，故尧赐玄圭以彰显之，言天功成。”

——《尚书》

女华生大费，与禹平水土。已成，帝赐玄圭。

——《史记》

【译文】

大禹被赏赐玄圭（一种黑色的玉器，上尖下方，古代用以赏赐建立特殊功绩的人）以宣告他治水的功劳。孔传说：“玄，是天的颜色，大禹对四海有功，所以尧赐给他玄圭以表扬他，认为这是帝王的功业。”

女华生育了大费，大费和大禹一起治理洪水。成功后，帝尧赐给他玄圭。

禹铸九鼎

【原文】

禹收九牧之金，铸九鼎。皆尝亨鬺上帝鬼神。遭圣则兴，鼎迁于夏商。周德衰，宋之社亡，鼎乃沦没，伏而不见。

——《史记》

昔日，夏后开（启）使蜚廉折金于山川，而陶铸之于昆吾，……九鼎既成，迁于三国。

——《墨子》

【译文】

大禹收集九州的铜铸成九个鼎，都曾经用来祭祀上帝和鬼神。遭逢圣主盛世就会出现，后来鼎迁到夏商，再后来周朝衰落，宋国灭亡，鼎就沦落，从此隐伏不再出现。

以前，夏后启派人把全国各州的名山大川、形胜之地、奇异之物画成图册，然后将这些画仿刻于九鼎之身，……九鼎已经铸成功了，将要三代相传。

伯益知禽兽

【原文】

帝颛顼之孙，曰女修，女修织，玄鸟陨卵，女修吞之，生子大业。大业取少典之子，曰女华。女华生大费，与禹平水土，已成，佐舜调驯鸟兽，鸟兽多驯服，是为柏翳（伯益）。

——《史记》

伯益知禽兽。

——《汉书》

帝曰："若予上下草木鸟兽？"佥曰："益哉！"帝曰："俞，咨！益，汝作朕虞。"益拜稽首，让于朱虎、熊罴。帝曰："俞，往哉！汝谐。"

——《尚书》

【译文】

天地颛顼的孙子，叫女修。（有一天，）女修在织布，玄鸟飞来落下一只卵，女修吞了他，生了个儿子叫大业。大业娶了少典的女儿，名字叫女华。女华生大费，大费和禹一起治水，已经成功了。又协助舜驯服鸟兽，鸟兽都服从他，他就是伯益。

伯益了解动物。

舜帝说："谁掌管我们的山丘草泽的草木鸟兽呢？"都说："伯益啊！"舜帝说："好啊！伯益，你担任我的虞官吧。"伯益跪拜叩头，让给朱虎和熊罴。舜帝说："好啦，去吧！你同他们一起去吧！"

夸父追日

【原文】

夸父不量力，欲追日影。逐之于隅谷之际，渴欲得饮，赴饮河渭。河渭不足，将走北饮大泽。未至，道渴而死。弃其杖，尸膏肉所浸，生邓林。邓林弥广数千里焉。

——《列子》

【译文】

夸父不估量自己的力量，要和太阳赛跑，追赶到太阳落下的地方。他非常口渴，想要喝水，把黄河、渭河都喝干了。黄河、渭河的水不够，他又去喝北方大湖里的水。（可是夸父）还没有到，就在半路因口渴而死了。他死之前，扔掉了手中的手杖，尸体的肉和油浸渍的地方长出桃林。桃林绵延数千里。

烛龙钟山

【原文】

西北海之外，赤水之北，有章尾山。有神，人面蛇身而赤，直目正乘。其瞑乃晦，其视乃明。不食不寝不息，风雨是谒。是烛九阴，是谓烛龙。

钟山之神，名曰烛阴，视为昼，瞑为夜，吹为冬，呼为夏，不饮，不食，不息，息为风，身长千里。在无瞀之东。其为物，人面，蛇身，赤色，居钟山下。

——《山海经》

【译文】

西北海的外面，赤水的北面，有一座章尾山。有个神，人面蛇身，一身赤红色，眼睛是直长的，全身长达千里。它闭上眼睛便是黑夜，它睁开眼睛便是白天。不吃饭，不睡觉，不呼吸，能够呼风唤雨。他就是烛九阴，也叫作烛龙。

钟山的神灵，叫作烛阴，睁开眼为白天，闭上眼为夜晚，吹气为冬，呼气为夏，不喝水，不吃饭，不呼吸，呼吸就为风，全身长达千里。在无綮之东。他的样子，人面，蛇身，红色，居住在钟山的脚下。

钟山之子被戮

【原文】

钟山，其子曰鼓，其状人面而龙身，是与钦䲹（pí）杀葆江于昆仑之阳，帝乃戮之钟山之东曰䍃崖。钦䲹化为大鹗（è），其状如雕而黑文白首，赤喙而虎爪，其音如晨鹄（hú），见则有大兵；鼓亦化为鵕（jùn）鸟，其状如鸱，赤足而直喙，黄文而白首，其音如鹄，见则其邑大旱。

——《山海经》

【译文】

钟山，其山神的孩子名叫鼓，长着人的面孔、龙的身体，与钦鸡在昆仑之南杀死了天神葆江，天帝于是在钟山的东面名字叫作嵱崖的地方杀掉了他们。钦鸡变成了一只大鹗，形状像雕，有着黑色的花纹，白色的头，赤色的嘴，老虎一样的爪，声音像晨鹄，它一出现就会发生严重的战乱；鼓也化为鵕鸟，形状像鸱，有着红色的脚，直喙，黄色的花纹，白色的头，声音像鹄，它在哪个地方出现，当地就会发生大旱。

廪君创业

【原文】

廪君之先，故出巫诞巴郡南郡蛮，本有五姓。巴氏、樊氏、曋氏、相氏、郑氏，皆出于五落钟离山。其山有赤黑二穴，巴氏之子生于赤穴，四姓之子皆生黑穴。未有君长，俱事鬼神。廪君名曰务相，姓巴氏。与樊氏、曋氏、相氏、郑氏，凡五姓，俱出皆争神，乃共掷剑于石，约能中者，奉以为君。巴氏子务相，乃独中之，众皆叹。又令各乘土船，雕文画之，而浮水中，约能浮者，当以为君。余姓悉沉，惟务相独浮，因共立之，是为廪君。

乃乘土船从夷水至盐阳，盐水有神女谓廪君曰："此地广大，鱼盐所出，愿留共居。"廪君不许，盐神暮辙来取宿，旦即化为飞虫，与诸虫群飞，掩蔽日光，天地晦冥，积十余日，廪君不知东西所向七日七夜，使人操青缕以遗盐神曰："缨此即相宜，云与女俱生，宜将去。"盐神受而缨之，廪君即立阳石上，应青缕而射之，中盐神，盐神死，天乃大开，廪君于是君乎夷城。

——《世本》

【译文】

廪君的先辈，出自巴郡南郡蛮夷，本来有五大姓氏，巴氏、樊氏、曋氏、相氏、郑氏，都出自钟离山。山上有赤黑两个洞穴，巴氏的子孙出生在赤穴，其他四姓氏的子孙都出生在黑穴。都没有君主，都侍奉鬼神。廪君名叫务相，姓巴氏。与樊氏、曋氏、相氏、郑氏共大五姓氏，都出来争夺神位，就一起掷剑到石头上，约定谁能击中，就被尊奉为君主。巴氏子孙务相，独独他一人击中，众人都叹服。又叫各人乘坐土船，画上以彩绘、花纹为饰的物品，约定谁能浮在水中，谁就被当作君主。其余四姓的船都沉了，只有务相的浮着，因此大家都立他为王，成为廪君。

廪君带领大家乘坐土船从夷水到盐阳，盐水有一个女神对廪君说："这里地大物博，鱼和盐都出产，希望你能留下一起居住。"廪君不同意，盐神就晚上来和廪君共宿，早晨就化成飞虫，和其他飞虫一起，遮掩太阳，天地都模糊不清了。廪君无法分清东西，一连七天七夜。后来，廪君派人送了一缕青丝给盐神说："这缕青色发丝是我们首领廪君从头上拔下来的，作为定情之物，表示与女神同生共死，结为永久夫妇，请你一定要把它系在身上，不要将它去掉，（辜负廪君的一片好意）。"盐神接受了并系在身上。廪君立即站在阳石上，对着青缕射去，射中盐神，盐神死去，天空立即晴朗起来。廪君最终在夷城称王。

颛顼"绝地天通"

【原文】

颛顼生老童，老童生重及黎。帝令重献上天，令黎邛下地。

——《山海经》

颛顼受之，乃命南正重司天以属神，命火正黎司地以属民，使复旧常，无相侵渎。

——《国语》

乃命重黎，绝地天通，罔有降格。

——《尚书》

重即羲，黎即和。尧命羲和世掌天地四时之官，使人神不扰，各得其序，是谓绝地天通。言天神无有降地，地祇不至于天，明不相干。

【译文】

颛顼生老童，老童生了重和黎。帝命令重向上托着天，命令黎向下撑着地。

颛顼命令南正重管理天上神仙，命令火正黎管理地上的百姓，恢复旧次序，天地不再相互侵犯。

颛顼命令重和黎，断绝天神降落地上，地神升到天上，从而达到自主和谐的状态。

重就是羲，黎就是和。尧命令羲和世代掌官天地四时的官职，从而人神互不打扰，各有各的秩序这就叫作绝地天通。就是说天神不能降到地上，地上的人也不能到达天上，明确不相互干扰。

太子长琴作乐

【原文】

帝颛顼生自若水，实处空桑，乃登为帝，惟天之合，正风乃行，其音若熙熙凄凄锵锵。帝颛顼好其音，乃令飞龙作，效八风之音，命之曰《承云》，以祭上帝。乃令鳝先为乐倡，鳝乃偃寝，以其尾鼓其腹，其音英英。

——《吕氏春秋》

有榣山，其上有人，号曰太子长琴。颛顼生老童，老童生祝融，祝融生太子长琴，是处榣山，始作乐风。

——《山海经》

有鱼偏枯，名曰鱼妇。颛顼死即复苏。风道北来，天乃大水泉，蛇乃化为鱼，是为鱼妇。颛顼死即复苏。

——《山海经》

【译文】

古帝颛顼生在若水，实际上住在空桑。他登上帝位，德行正与天台。八方纯正之风按时运行，它们发出熙熙、凄凄、锵锵的声音。颛顼喜好那些声音，于是就叫飞龙作乐，模仿八方的风声，乐曲命名为《承云》，用以祭祀上帝。颛顼就叫鳝先给乐曲领奏。鳝就仰面躺下，用尾巴敲打自己的肚子，发出和盛的乐声。

有一座榣山，那上面住着人，叫作太子长琴。颛顼生老童，老童生祝融，祝融生太子长琴，长琴住在榣山，开始创作音乐。

有一种鱼，半边干枯，叫作鱼妇，是颛顼死后又立即苏醒后变化而来的。风从北边吹来，泉水因风而溢出，蛇于是化成鱼，就是鱼妇。而死去的颛顼就是趁蛇鱼变化未定的时候，将生命寄托在鱼里，并重新苏醒的。

禹凿龙门

【原文】

禹凿龙关之山，亦谓之龙门，至一空岩，深数十里，幽暗不可复行，禹乃负火而进。有兽状如豕，衔夜明之珠，其光如烛。又有青犬，行吠于前。禹计可十里，迷于昼夜。

既觉渐明，见向来豕犬，变为人形，皆著玄衣。

又见一神，蛇身人面，禹因与语。神即示禹八卦之图，列于金板之上。又有八神侍侧。禹曰：“华胥生圣子，是汝耶？”答曰：“华胥是九河神女，以生余也。”乃探玉简授禹，长一尺二寸，以合十二时之数，使度量天地。禹即执持此简，以平定水土。蛇身之神，即羲皇也。

——《拾遗记》

【译文】

禹为了治水，凿通龙关之山，又称龙门，来到一处空旷的岩洞里。他走进洞中几十里，光线越来越暗，不能再前进了。于是禹点燃火把，怀抱而行。看见一只形状像猪的怪兽，口中衔着夜明珠，亮光像蜡烛一样，在前面引路。还有一条黑狗，在前头边叫边跑。禹跟着走了大约十里，已分不清是白天还是夜晚。

过了一些时候，禹觉得光线渐渐明亮，看见刚才的猪和狗，变成人的样子，都穿着黑衣。又看见一位神人，长着蛇身人脸，禹便和他交谈。神向禹出示八卦图，刻在一块金板的上面。还有八位神人在旁侍奉。禹问神人：“听说华胥氏生下一位圣人，是您吗？”神人回答：“华胥氏是九河神女，生下了我。”于是从身边摸出一枚玉简给禹。玉简长一尺二寸，正合十二时辰之数，可以用来度量天地。禹于是拿着这枚玉简，用来治理洪水。这位蛇身之神，就是大神伏羲。

凶神蚩尤

【原文】

轩辕之初立也，有蚩尤氏兄弟七十二人，铜头铁额，食铁石，轩辕诛之于涿鹿之野。蚩尤能作云雾。涿鹿今在冀州，有蚩尤神，俗云人身牛蹄，四目六手。

今冀州人掘地得髑髅如铜铁者，即蚩尤之骨也。今有蚩尤齿，长二寸，坚不可碎。

秦汉间说，蚩尤氏耳鬓如剑戟，头有角，与轩辕斗，以角觝人，人不能向。今冀州有乐名“蚩尤戏”，其民两两三三，头戴牛角而相觝。汉造角觝戏，盖其遗制也。

太原村落间，祭蚩尤神不用牛头。今冀州有蚩尤川，即涿鹿之野。汉武时，太原有蚩尤神昼见，龟足蛇首，首疫，其俗遂为立祠。

——《述异记》

【译文】

黄帝刚刚即位的时候，有蚩尤兄弟七十二人，（一个个都是）铜头铁额，吃铁块、石头。（因为他们桀骜不驯，）被黄帝诛杀于涿鹿的原野上。相传蚩尤能腾云作雾。涿鹿在今天的冀州。当地人信仰蚩尤神，传说他是人身牛蹄，长着四只眼、六只手。

现在冀州有人从地下掘得铜铁一般硬的头骨，传说就是蚩尤的遗骨。现在还有一枚蚩尤的牙齿，有二寸长，十分坚硬，不能被砸碎。

据秦汉民间传说中讲，蚩尤的耳朵、发鬓就像锋利的剑、戟；头上长角，与黄帝军队战斗时，用角顶人，人不能挡。现在冀州有一种游戏，叫作“蚩尤戏”。百姓三三两两，头戴牛角，相互抵触。汉代时发明角觝戏，就是从那时传来的。

太原村落内祭祀蚩尤神，不用牛头。现在冀州有个叫作蚩尤川的地方，便是当年黄蚩大战的涿鹿之野。汉武帝时，太原曾发生蚩尤神白天显形的事，蚩尤呈现龟足、蛇头之形，便发生了大瘟疫，于是凡间立祠供奉他。

帝女登仙

【原文】

南方赤帝女学道得仙，居南崿（è）山桑树上，正月一日衔柴作巢，或作白鹊，或女人。赤帝见之悲恸，诱之不得，以火焚之，女即升天，因名“帝女桑”。今人至十五日焚鹊巢作灰汁，浴蚕子招丝，像此也。

——《广异记》

【译文】

南方赤帝的女儿学道得仙，居住在南崿山的桑树上，正月初一那天衔柴作巢，有时候变成白鹊，有时候变成女人。赤帝见了，十分悲怜她，诱导她却不能成功，就用火烧她，她就立刻升天了，因此被命名为“帝女桑”。现在人们每到十五日就烧鹊巢，留存灰汁，泡蚕茧成丝，就是比拟这件事。

巫山神女

【原文】

姑媱之山，帝女死焉，其名曰女尸，化为䔄草，其叶胥成，其华黄，其实如菟丘，服之媚于人。

——《山海经》

昔者（先王）尝游高唐，怠而昼寝，梦见一妇人曰：“妾，巫山之女也。为高唐之客。闻君游高唐，愿荐枕席。”王因幸之。去而辞曰：“妾在巫山之阳，高丘之阻，旦为朝云，暮为行雨。朝朝暮暮，阳台之下。”旦朝视之，如言。故为立庙，号曰“朝云”。

——《高唐赋》

郭景纯云：丹山在丹阳，属巴。丹山西即巫山者也。又帝女居焉。宋玉所谓天帝之季女，名曰瑶姬，未行而亡，封于巫山之台，精魂为草，实为灵芝。所谓巫山之女，高丘之阻。

——《水经注》

【译文】

姑媱山上，帝女死了，她的名字叫女尸，化成䔄草，它的叶子层层叠叠，它的花是黄的，它的果实像菟丘，吃了它能讨人喜爱。

以前，先王（楚怀王）曾经游历高唐，很疲倦就在白天睡觉了，梦见一个妇人说：“我是巫山之女，是高唐的客人。听说你来游览高唐，我愿意献身侍寝。楚怀王临幸了她。她离去的时候说：“我在巫山的阳面，高丘险要的地方，白天是朝云，晚上行雨。从早到晚，日复一日，我都在巫山南面高台之下。”楚怀王第二天去看，果然如她所言。所以建了一座庙，叫作“朝云”。

郭景纯说：丹山在丹阳，属于巴地（在今中国四川省东部，泛指四川）。丹山西就是巫山，有帝女居住在那里。宋玉说的天帝的第三个女儿，叫作“瑶姬”，还没有结婚就去世了，被葬在巫山。她的精魂变成了草，实际上就是灵芝。这就是巫山之女，居住在高丘险要的地方。

启得《九辩》与《九歌》

【原文】

西南海之外，赤水之南，流沙之西，有人珥两青蛇，乘两龙，名曰夏后开。开上三嫔于天，得《九辩》与《九歌》以下。此天穆之野，高二千仞，开焉得始歌《九招》。

——《山海经》

启《九辩》与《九歌》兮，夏康娱以自纵。不顾难以图后兮，五子用失乎家衖。

——《楚辞》

启乃淫溢康乐，野于饮食，将将铭铭，苋磬以力。湛浊于酒，渝食于野，万舞翼翼，章闻于天，天用弗式。

——《墨子》

【译文】

在西南海的外面，赤水的南面，流沙的西面，有一个人在耳朵上挂着两条青蛇，驾着两条龙，名叫夏后开（后世亦称夏后启、夏启）。夏后开（曾经）上天参加宴会，得到《九辩》与《九歌》，偷偷带下凡间。这就是天穆之野，高两千仞，夏后开才开始演奏《九招》。

夏后启创制《九辩》《九歌》，恣意寻欢以致放纵堕落。他既不顾后果，也不图谋将来，结果五个儿子招致大患。

夏后启放纵淫乐，在野外宴饮，各种乐器奏响。（夏后启）沉湎于酒，在野外大肆吃喝，《万》舞的场面十分浩大，声音传到天上，上天并不把它当作法式。

孔甲作东音

【原文】

夏后氏孔甲田于东阳萯山。天大风，晦盲，孔甲迷惑，入于民室。主人方乳，或曰：“后来，是良日也，之子是必大吉。”或曰：“不胜也，之子是必有殃。”后乃取其子以归，曰：“以为余子，谁敢殃之？”子长成人，幕动坼橑，斧斫斩其足，遂为守门者。孔甲曰：“呜呼！有疾，命矣夫！”乃作为《破斧》之歌，实始为东音。

——《吕氏春秋》

【译文】

夏君孔甲在东阳萯山打猎。天刮起了大风，天色晦暗，孔甲迷失了方向，走进一家老百姓的屋子。这家人家正在生孩子，有人说："君主到来，这是好日子啊，这个孩子必定会大吉大利。”有人说：“怕是他享受不了这个福分啊，这个孩子必定会遭受灾难。”夏君把孩子带了回去，说：“让他做我的儿子，谁敢害他？”孩子长大成人后，有一次帐幕掀动，屋椽裂开了，于是斧子落下，砍断了他的脚，他只好去当守门之官。孔甲叹息道：“唉！发生了这种灾难，是命里注定吧！”于是创作出《破斧》之歌。这是最早的东方音乐。

孔甲养龙

【原文】

帝孔甲立，好方鬼神，事淫乱。夏后氏德衰，诸侯畔之。天降龙二，有雌雄，孔甲不能食，未得豢龙氏。陶唐既衰，其后有刘累，学扰龙于豢龙氏，以事孔甲。

孔甲赐之姓曰御龙氏，受豕韦之后。龙一雌死，以食夏后。夏后使求，惧而迁去。

——《史记》

（孔甲）废豕韦氏，使刘累豢龙。

——《今本竹书纪年疏证》

昔有飂叔安，有裔子曰董父，实甚好龙，能求其耆欲以饮食之，龙多归之。乃扰畜龙，以服事帝舜。帝赐之姓曰董，氏曰豢龙。封诸鬷川，鬷夷氏其后也。故帝舜氏世有畜龙。及有夏孔甲，扰于有帝，帝赐之乘龙，河、汉各二，各有雌雄，孔甲不能食，而未获豢龙氏。有陶唐氏既衰，其后有刘累，学扰龙于豢龙氏，以事孔甲，能饮食之。夏后嘉之，赐氏曰御龙，以更豕韦之后。龙一雌死，潜醢以食夏后。夏后飨之，既而使求之。惧而迁于鲁县，范氏其后也。

——《左传》

【译文】

帝孔甲立，专喜向往鬼神迷信之事，又好色淫乱，使夏后氏王朝的统治衰败，诸侯叛离他。这时天降两条龙，雌雄各一，孔甲不知道怎样饲养，又找不到舜时善于养龙的豢龙氏的后代。恰巧过去有名的部落联盟首领陶唐氏这一族衰败了，他的后代中有一个叫刘累的曾经向豢龙氏学得了养龙的本领，就来给孔甲饲养这两条龙。孔甲赏赐他姓御龙氏，并封他于豕韦国，取代原来姓彭的豕韦国君。后来那条雌龙死了，刘累竟把龙弄熟了给夏后孔甲吃。孔甲想起要看这两条龙，派人来取，刘累吓坏了，只好逃走。

（孔甲）废除豕韦氏，命令刘累养龙。

过去有飂国的国君叔安，有一个后代叫董父，实在很喜欢龙，能够设法了解龙的嗜好要求来喂养它们，龙去他那里的很多，于是就驯服饲养龙，用来伺候帝舜。帝舜赐他姓叫董，氏叫豢龙，封他在鬷川，鬷夷氏就是他的后代。所以帝舜氏世世代代有养龙的。到了夏代国君孔甲，顺服天帝，天帝赐给他驾车的龙，黄河、汉水的各两条，各有一雌一雄。孔甲不能饲养，而又没有找到豢龙氏。有陶唐氏已经衰落，后来又有刘累，向豢龙氏学习驯龙，以此事奉孔甲，能够饲养这几条龙。孔甲嘉奖他，赐氏叫御龙，用他代替豕韦的后代。龙中一条雌的死了，刘累偷偷地剁成肉酱给孔甲吃，孔甲吃了，不久又让刘累再找来吃。刘累害怕而迁移到鲁县，范氏就是他的后代。

王亥

【原文】

有困民国，勾姓而食。有人曰王亥，两手操鸟，方食其头。王亥托于有易、河伯仆牛。有易杀王亥，取仆牛。河念有易，有易潜出，为国于兽，方食之，名曰摇民。帝舜生戏，戏生摇民。

——《山海经》

殷王子亥，宾于有易而淫焉。有易之君緜臣杀而放之，是故殷主甲微假师于河伯以伐有易，灭之，遂杀其君緜臣也。

——《竹书纪年》

【译文】

有个困民国，百姓都吃粟。有个人叫王亥，两只手拿着鸟，正在吃它们的头。王亥委托有易族人和河伯照看他的牛羊。有易族人杀死了王亥，取走了他的牛羊。河伯哀念有易族人，让他们秘密地离开，整个国家处于荒野野兽之中，就以野兽为食，被称为摇民。天帝舜产生戏，戏产生摇民。

殷王子亥，在有易这个国家淫乱。有易之君緜臣杀死王亥而放逐了他的弟弟王恒，所以殷国的君主甲微借助河伯的力量讨伐有易，消灭了它，于是杀死了他们的国君緜臣。

荒淫的夏桀

【原文】

夏王率遏众力，率割夏邑，有众率怠弗协，曰：“时日曷丧，予及汝皆亡。”

——《尚书》

桀即弃礼仪，淫于妇人，求美女积之于后宫，收娼优、侏儒、狎徒能为奇伟戏者。据之于旁。造烂漫之乐，日夜与妹喜及宫女饮酒，无有休时。为酒池，可以运舟，一鼓而牛饮者三千人，籍其头而饮之于酒池，醉而溺死者，妹喜笑之以为乐。

——《列女传》

夏桀宫中，有女子化为龙，不可近，俄而复为妇人，甚丽，而食人，桀命为蛟妾，告桀吉凶。

——《述异记》

夏桀之时，为长夜宫于深谷之中男女杂处，十旬不出听政。天乃大风扬沙，一夕填此宫谷。

——《博物志》

【译文】

夏王桀用繁重的徭役来竭尽百姓的力量，用严重的刑法来宰割夏都的人民。大家都仇视夏桀，懈怠劳动，与他不齐心，说："你这个可恶的太阳，为什么还不灭亡，我愿意和你一同灭亡。"

夏桀丢弃礼仪，浸淫于妇人，抓来很多美女，储存在后宫，还受纳了乐人、侏儒、狎徒（等）能创作戏法，杂技的人在他的周围。创作放浪的音乐，日夜与妹喜及宫女饮酒，没有停止的时候。建造酒池，可以在里面运舟，击鼓（招人）一次可供三千人同时狂饮，埋着他们的头在酒池豪饮，醉了之后掉入酒池淹死的人，成为妹喜取笑的对象。

在夏桀的宫中，有一个女子化成龙，人不能接近，有时候变成妇人，非常漂亮，但她吃人。桀封她为蛟妾，告诉桀吉凶的征兆。

夏桀的时候，建筑长夜宫在深谷的里面，男女混杂而居，几个月都不出来听政。天于是刮起大风扬起沙，一夜之间填塞了这个宫殿。

夏桀亡夏

【原文】

后桀命扁伐岷山，岷山女于桀二人，曰琬、曰琰。桀爱二女，无子，刻其名于苕华之玉，苕是琬，华是琰。而弃其元妃于洛，曰妹喜氏。妹喜氏以与伊尹交，遂以夏亡。

——《译史》

夏桀之时，费昌之河上，见二日，在东者烂烂将起，在西者沉沉将灭。昌问于冯夷曰："何者为殷？何者为夏？"冯夷曰："西夏东殷。"于是费昌徙族归殷。

——《博物志》

【译文】

后桀命令扁讨伐岷山，岷山献给桀两个女人，一个叫琬、一个叫琰。桀很爱这两个女子，（她们）不孕，将她们的名字刻在美玉之上。而抛弃他的元妃在洛阳，叫妹喜氏。妹喜氏和伊尹合谋，于是夏朝灭亡。

夏朝桀的时候，有个臣子叫费昌，一天来到黄河边上，忽见天空出现两个太阳，东边的一个光芒灿烂，正在升起，西边的一个暗淡无光，正在沉落。费昌心中诧异，刚好河伯来了。费昌就问他：“这两个太阳，哪一个是殷？哪一个是夏？”河伯说：“东边的是殷，西边的是夏。”费昌见夏王朝大势已去，便带上一家老小，投奔殷汤王去了。

妖媚的武罗神

【原文】

又东十里曰青要之山，实惟帝之密都。北望河渠，是多驾鸟。南望墠（shàn）渚，禹父之所化，是多仆累、薄卢。武罗司之，其状人面而豹文，小要而白齿，而穿耳以鐻，其鸣如鸣玉。是山也，宜女子。畛（zhěn）水出焉，而北流注于河。

——《山海经》

【译文】

在东址里有一座青要山，实际上是皇帝的秘密之都。向北望有河渠，须驾鸟才能过。向南望有墠渚，是禹变成的，中间很多仆累（蜗牛）、薄卢。武罗神管理着这个地方。它长着人的面貌，身上却长满了豹纹，细腰白齿穿耳，声音像鸣玉（古人在腰间佩带玉饰，行走时使之相击发声）一样。这样的山，适合女子。畛水从那里流出，向北流到黄河。

黄帝大会鬼神

【原文】

昔者，黄帝合鬼神于泰山之上，驾象车而六蛟龙，毕方并辖，蚩尤居前，风伯进扫，雨师洒道，虎狼在前，鬼神在后，腾蛇伏地，凤皇覆上，大合鬼神，作为《清角》。

——《韩非子》

【译文】

从前，黄帝在泰山上检阅众鬼神，大象为他拉车，六条蛟龙护卫，毕方鸟驾车，蚩尤开道，风伯为他扫地，雨伯为他洒水，虎狼在前面，鬼神跟在他后面，腾蛇在地上游走，凤凰在天空飞舞。（皇帝看到）神怪队伍如此有序，（很是高兴，）当场创作了一首乐曲《清角》。

玄女授兵法

【原文】

九天玄女者，黄帝之师，圣母元君弟子也……（黄帝）战蚩尤于涿鹿。帝师不胜，蚩尤作大雾三日内外皆迷。帝用忧愤，斋于太山之下，王母遣使披玄狐之裘，以符授帝曰："精思告天，必有太上之应。"

居数日，大雾冥冥，昼晦。玄女降焉。乘丹凤，御景云，服九色彩翠之衣，集于帝前。帝再拜受命。玄女曰："吾以太上之教，有疑可问也。"帝稽首曰："蚩尤暴横，毒害蒸黎，四海嗷嗷，莫保性命。欲万战万胜之术，与人除害，可乎？"玄女即授帝六甲六壬兵信之符，灵宝五帝策使鬼神之书，制妖通灵五明之印，五阴五阳遁元之式，太一十精四神胜负握机之图，五兵河图策精之诀。

复率诸侯再战蚩尤于冀州，蚩尤驱魑魅杂妖以为阵，雨师风伯以为卫，应龙蓄水以征于帝。帝画之遂灭蚩尤于绝辔之野中冀之乡，分四冢以葬之。由是榆冈拒命，又诛之阪泉之野，北逐埙斋，大定四方。步四极凡二万八千里，乃铸鼎立九州，置五行九德之臣以观天地，祠万灵垂法设教，然后采首山之铜铸鼎于荆山之下，黄龙来迎乘龙升天。

——《墉城集仙录》

【译文】

九天玄女，是黄帝的师傅，圣母元君的弟子……（黄帝）和蚩尤在逐鹿大战。黄帝不能取胜，蚩尤凭借妖术，使三日三夜大雾冥冥。黄帝忧思不已，难以入眠，虔诚地在泰山之下祈祷，感动了西王母。西王母派遣使者披着玄狐的皮衣，授予黄帝真符说："精诚祷告上天，一定会得到感应。"

过了几天，大雾弥漫，天气晦暗，玄女降临。乘着红色的凤凰，驾驭景云，穿着九色华彩衣服，来到黄帝的面前。黄帝拜了两次（准备）接受命令。玄女说：“我是太上的徒弟，你有什么疑问尽管问。”黄帝叩头说：“蚩尤残暴横行，毒害百姓，四海之内的人民哀号，难以保全性命。我想要得到常胜不败的技术，为民除害，可以吗？”玄女于是授予黄帝六甲六壬兵信之符，灵宝五帝驱使鬼神之书，制妖通灵五明之印，五阴五阳遁元之式，太一十精四神胜负握机之图，五兵河图策精之诀。

（黄帝）再次率领诸侯和蚩尤在冀州大战，蚩尤驱使鬼怪组成的军队，用雨师、风伯为护卫，命令应龙蓄水淹死黄帝。黄帝摆下“奇门遁甲”阵，在绝辔之野中冀之乡一举灭了蚩尤，将它分成四块埋葬。因此榆冈拒绝命令，黄帝又在阪泉之野消灭了它；在北方逐走獯鬻，这样使四方安定。四方共有两万八千里，便铸造铜鼎立于九州，设立有五行九德的大臣来管理天地事务，祭祀万灵以垂示法则、教化万民，然后采来首山的铜，在荆山下铸鼎，黄龙迎接黄帝升天。

鼎湖升天

【原文】

黄帝采首山铜，铸鼎于荆山下。鼎既成，有龙垂胡须下迎黄帝。黄帝上骑，群臣后宫从上者七十余人，龙乃上去。余小臣不得上，乃悉持龙须，龙须拔，堕黄帝之弓。百姓仰望黄帝既上天，乃抱其弓与龙胡须号，故后世因名其处曰鼎湖，其弓曰乌号。

——《史记》

【译文】

黄帝采来首山的铜，在荆山下铸成一个大鼎。鼎已经铸成后，有一条垂着胡须的龙从天上下来迎接黄帝。黄帝坐上龙之后，群臣和后宫跟着上了七十多个人，龙才开始飞上天。其余的小臣不能跟着上，就扯着龙的胡须想跟着上去。龙须都扯断了，众人坠楼，一起坠落的还有黄帝的弓箭。百姓仰着头看见黄帝已经上天了，就抱着他的弓和胡须哭号。所以后世将这个湖称为鼎湖，黄帝的弓称为乌号。

黄帝的发明

【原文】

昔黄帝生而能言，役使百灵，可谓天授自然之体者也，犹复不能端坐而得道。故陟王屋而受丹经，到鼎湖而飞流珠，登崆峒而问广成，之具茨而事大隗，适东岱而奉中黄，入金谷而咨涓子，论道养则资玄、素二女，精推步而访山稽、力牧，讲占候则询风后，著体诊则受雷岐，审攻战则纳五音之策，穷神奸则记白泽之辞，相地理则书青乌之说，救伤残则缀金冶之术。

故能毕该秘要，穷道尽真，遂升龙以高跻，与天地乎罔极也。

——《抱朴子》

【译文】

以前，黄帝生下来就能说话，能驱使百种生灵，可以说是天赐予的自然身体，即使这样仍然不能坐着什么都不做就得道。所以黄帝跋涉王屋山接受丹经，到鼎湖得到流珠，登上崆峒山问道广成，到具茨侍奉大隗，到东岱侍奉中黄，进入金谷询问涓子，讲论房中术有玄女、素女帮助，精通推步访问山稽、力牧，讲到占侯则咨询风后，学习医术要接受雷公岐伯的点拨，审辩攻占之术而接纳五音的方法，穷究神奸则记载白泽的语言，观看地理书写青鸟的言论，救助伤残而用金冶的方术。所以能学会所有奥秘要诀，穷尽道术真理，才能升龙登天，与天地同寿。

帝俊的妻子们

【原文】

东南海之外，甘水之间，有羲和之国。有女子名曰羲和，方日浴于甘洲。羲和者，帝俊之妻，是生十日。

——《山海经》

有女子方浴月。帝俊妻常羲，生月十有二，此始浴之。

——《山海经》

大荒之中，有不庭之山，荣水穷焉。有人三身，帝俊妻娥皇，生此三身之国，姚姓，黍食，使四鸟。

——《山海经》

【译文】

在东南海的外面，甘水的里面，有一个羲和国家。有个女子名叫羲和，正在甘洲中给新生的太阳洗澡。羲和这个女子，就是帝俊的妻子，生了十个太阳。

有个女子给新生的月亮洗澡。帝俊的妻子常羲，生了十二个月亮，因此开始在这里给月亮们洗澡。

大荒的里面，有个不庭山，荣水穷尽的地方。有一个一首而三身的国家，帝俊的妻子娥皇，生了三身国的先祖，姓姚，吃黍，役使四鸟（古代历正凤鸟氏的四属官）。

帝俊交友五采鸟

【原文】

有五采鸟三名：一曰皇鸟，一曰鸾鸟，一曰凤鸟。

有五采之鸟，相向弃沙。惟帝俊下友。帝下两坛，采鸟是司。

——《山海经》

【译文】

有五彩鸟三只，一只叫皇鸟，一只叫鸾鸟，一只叫凤鸟。

有长着五彩羽毛的鸟，相对着跳舞，只有天帝帝俊从天上下来和它们交友。帝俊在下界的两座祭坛，由这些五彩鸟掌管着。

帝喾之妃梦生八子

【原文】

帝之妃，邹屠氏之女，常履风云，游于伊洛，帝乃期焉，纳以为妃。妃常梦吞日则生一子。凡经八梦，则生八子，世谓为八神，亦谓八翌、八英、八力。

——《拾遗记》

【译文】

帝喾的妃子，是邹屠氏的女儿，纯净而圣洁，经常走路乘风而行，遨游在伊水和洛水的上空。帝喾遇到这样美丽的女子，自然很心动，娶为妃子。邹屠氏女常常做吞食太阳的（奇怪的）梦，每次梦完就生下一个儿子，连着做了八个梦，生了八个儿子，世人称他们为八神，也叫八翌、八英、八力。

帝喾的神话

【原文】

高辛生而神灵，自言其名。普施利物，不于其身。聪以知远，明以察微。顺天之义，知民之急。仁而威，惠而信，修身而天下服。取地之财而节用之，抚教万民而利诲之，历日月而迎送之，明鬼神而敬事之。其色郁郁，其德嶷嶷。其动也时，其服也士。帝喾溉执中而遍天下，日月所照，风雨所至，莫不从服。

——《史记》

【译文】

高辛生来就很有灵气，一出生就叫出了自己的名字。他普遍施与恩泽于众人而不及其自身。他耳聪目明，可以了解远处的情况，可以洞察细微的事理。他顺应上天的意旨，了解下民的需要。仁德而且威严，温和而且守信，修养自身，天下归服。他收取土地上的物产，节俭地使用；他抚爱教化万民，把各种有益的事教给他们；他推算日月的运行以定岁时节气，恭敬地迎送日月的出入；他明识鬼神，慎重地加以侍奉。他仪表堂堂，道德高尚。他行动合乎时宜，服用如同士人。帝喾治民，像雨水浇灌农田一样不偏不倚，遍及天下，凡是日月照耀的地方，风雨所到的地方，没有人不顺从归服的。

高辛氏有二子

【原文】

昔高辛氏有二子，伯曰阏伯，季曰实沈，居于旷林，不相能也，日寻干戈，以相征讨。后帝不臧，迁阏伯于商丘，主辰。商人是因，故辰为商星。迁实沈于大夏，主参，唐人是因，以服事夏、商。

——《左传》

【译文】

从前高辛氏有两个儿子，长子叫阏伯，次子叫实沈，他们居住在深林，彼此不能相容，每天兵戎相见，互相征讨。帝尧不满意这种情况，把阏伯迁徙到商丘，主祀辰星。商民族因此而祭祀他，所以辰星又叫商星。将实沈迁徙到商丘，主祀星辰，唐人因袭实沈之旧，以归服侍奉夏朝、商朝。

玄鸟生商

【原文】

天命玄鸟，降而生商。

——《诗经》

殷契，母曰简狄，有娀氏之女，为帝喾次妃。三人行浴，见玄鸟堕其卵，简狄取吞之，因孕生契。契长而佐禹治水有功。帝舜乃命契曰："百姓不亲，五品不训，汝为司徒而敬敷五教，五教在宽。"封于商，赐姓子氏。契兴于唐、虞、大禹之际，功业著于百姓，百姓以平。

——《史记》

【译文】

天帝命令玄鸟降临人间生契建商。

殷契，他的母亲叫简狄，是有娀氏的女儿，也是帝喾的第二个妃子。三个妃子一起沐浴，看见玄鸟丢下它的卵，简狄取过来吃了，结果怀孕生了个儿子契。契长大后辅助大禹治水有功。帝舜就命令契说："百姓不亲睦，五种伦常道德不和顺，你作为司徒就要谨慎传布宣扬父义、母慈、兄友、弟恭、子孝五种伦理道德，五种伦理道德关键在于宽厚。"于是在商封契，赐姓子氏。契兴盛在唐、虞、大禹的时候，对百姓功绩显著，国民得以太平。

有娀之女作北音

【原文】

有娀氏有二佚女，为之九成之台，饮食必以鼓。帝令燕往视之，鸣若谥隘，二女爱而争搏之，覆以玉筐。少选，发而视之，燕遗二卵北飞，遂不反。二女作歌一终，曰“燕燕往飞”，实始作为北音。

——《吕氏春秋》

【译文】

有娀氏有两个漂亮的女子，为她们建立了九层的高台，吃饭一定用鼓乐作伴。天帝命令燕子前去探看，燕子叫的声音很动听。两个女孩都很喜爱，捉住燕子，用玉制的筐盖住。过了一会儿，打开玉制的筐看，燕子留下两颗蛋就向北飞走了，不再回来。两个女孩作歌一曲，唱“燕子燕子展翅飞”，这其实就是北音的开端。

后稷出生

【原文】

周后稷，名弃，其母有邰氏之女，曰姜原，姜原是帝喾元妃。

姜原出野，见巨人迹，心忻然说，欲践之，践之而身动如孕者。居期而生子，以为不祥，弃之隘巷，马牛过者皆辟不践；徙置之林中，适会山林多人，迁之；而弃渠中冰上，飞鸟以其翼覆荐之。姜原以为神，遂收养长之。初欲弃之，因名曰弃。

弃为儿时，屹如巨人之志。其游戏，好种树麻、菽，麻、菽美。及为成人，遂好耕农，相地之宜，宜谷者稼穑焉，民皆法则之。帝尧闻之，举弃为农师，天下得其利，有功。帝舜曰："弃，黎民始饥，尔后稷播时百谷。"封弃于邰，号曰后稷，别姓姬氏。

——《史记》

【译文】

周朝的后稷，名弃，他的母亲是有邰氏的女儿，叫姜原，姜原是帝喾的元妃。

（有一天，）姜原想在原野上，偶然看见一个巨人的足迹，觉得很好奇，就想用自己的脚印踩着足迹往前挪，当踩到拇指时，忽然感到一股暖流汇入身上，回家后不久便怀有身孕。一年后生了个男孩子。姜源认为他是不祥之物，就把这个孩子抛在狭隘的巷道上，没想到牛羊避而不踩，还给他奶吃；她又把这个孩子丢到荒山丛林中，谁知碰上许多人来林中伐木，又送回了孩子；她又把孩子扔在了冰河之上，想让其冻饿身亡，只见一大群飞鸟有的卧在这个孩子身下，托着他身不着冰，有的展翅盖在其身上为他遮挡风寒，有的叼来水果让其充饥。姜原得知后，认为这个孩子是天上神仙下凡，就决定抚养他。由于孩子被抛弃了三次，因此给他取名叫"弃"。

弃在母亲的熏陶下，胸有大志。从小就喜欢种庄稼，又肯吃苦、善于种树麻、菽、麻、菽美。等到他成人，就喜欢务农，因地制宜种植作物，百姓都效仿他。帝尧听说后，由于他指导群众种庄稼功勋卓著，被尧帝举为农师，四海之内都得到好处。舜帝说："弃，百姓正在挨饿受饥，你（负）责农业，去教他们播种百谷。"

（舜帝）把弃的封地定在了邰，给他起了一个响亮的名字“后稷”（意思是百谷的皇帝），这样有别于姬姓。

后稷去世

【原文】

后稷之葬，山水环之。在氐国西。

——《山海经》

西南黑水之间，有都广之野，后稷葬焉。有膏菽、膏稻、膏稷，百谷自生，冬夏播琴，鸾鸟自歌，凤鸟自舞，灵寿实华，草木所聚，爰有百兽，相群爰处。此草也，冬夏不死。

——《山海经》

后稷垅在建木西，其人死复苏，其半鱼，在其间。

——《淮南子》

【译文】

后稷的坟墓，山水环绕着这个美丽的地方，在氐国的西面。

西南黑水流经的地区有都广野，后稷埋葬在这里。这里有膏菽、膏稻、膏稷，各种各样的谷类植物自然生长，无论冬夏都能播种。鸾鸟自由歌唱，凤鸟自由跳舞，灵寿木按时开花结果，各种草和树都在这里汇聚生长。这里有各种各样的野兽，它们成群相处在一起和睦居住，这里的草冬夏都不死。

后稷的坟墓在建木西边，后稷死后苏醒，只有半条鱼在坟墓里。

黄帝得夔

【原文】

东海中有流波山，入海七千里。其上有兽，状如牛，苍身而无角，一足，出入水则必风雨，其光如日月，其声如雷，其名曰夔。黄帝得之，以其皮为鼓，橛以雷兽之骨，声闻五百里，以威天下。

——《山海经》

【译文】

东海中有流波山，入海七千里。山上有神兽，身壮似牛，全身都是灰色的，没有长角，只长了一只脚，每次出现都会有狂风暴雨。它身上还闪耀着光芒，似日光和月光，它的吼声和雷声一样震耳欲聋。（后来）黄帝得到这种兽，用它的皮制成鼓并用雷兽的骨做槌，敲击鼓，鼓声响彻五百里之外，威慑天下。

丹朱被逐

【原文】

尧取散宜氏之子，谓之女皇，女皇生丹朱。

——《世本》

无若丹朱傲，惟慢游是好，傲虐是作，罔昼夜额额，罔水行舟，朋淫于家，用殄厥世。

——《尚书》

尧造围棋，丹朱善之。

——《世本》

不足授天下，于是乃权授舜。……尧曰："终不以天下之病而利一人。"

——《史记》

流共工于幽陵，以变北狄；放驩兜于崇山，以变南蛮；迁三苗于三危，以变西戎；殛鲧于羽山，以变东夷。四罪而天下咸服。

——《史记》

尧崩，三年之丧毕，舜让辟丹朱于南河之南。诸侯朝觐者不之丹朱而之舜，狱讼者不之丹朱而之舜，讴歌者不讴歌丹朱而讴歌舜。

——《史记》

【译文】

尧娶散宜氏之女，叫女皇，女皇生了丹朱。

没有像丹朱那样傲慢无礼的，只喜欢懒惰逸乐，只作戏谑，不论白天晚上都不停止，（他还）乘船玩水，成群地在家里淫乱，任意糟蹋东西，不知爱惜。

尧发明了围棋，丹朱很擅长。

（尧知道丹朱不成器，）不能继承帝位，因此将王位传给了舜。……尧说："我不能辜负全天下人而让一人得利。”

（舜接帝位之后，丹朱，驩兜、三苗、共工等不满尧的决定，联合起来造反。尧带领军队，终于平息了叛乱，）流放共工于幽陵，后来变成北狄；流放驩兜于崇山，后来变成南蛮；流放三苗于三危，后来变成西戎；流放鲧于羽山，后来变成东夷。这四罪，天下臣民都臣服。

后来，尧去世，在三年之丧结束后，舜在南河之南将帝位让给丹朱。诸侯朝见的时候，不去见丹朱却见舜，有案情的时候不请示丹朱而请示舜，讴歌赞美的也不是丹朱而是舜。

汤得伊尹

【原文】

成汤东巡，有莘爰极，何乞彼小臣，而吉妃是得？水滨之木，得彼小子，夫何恶之，媵有莘之妇？

——《楚辞》

有侁氏女子采桑，得婴儿于空桑之中，献之其君。其君令烰人养之，察其所以然。曰：“其母居伊水之上，孕，梦有神告之曰：‘臼出水而东走，毋顾！’明日，视臼出水，告其邻，东走十里而顾，其邑尽为水，身因化为空桑。故命之曰伊尹。”

——《吕氏春秋》

汤思贤，梦见有人负鼎抗俎，对己而笑。寤而占曰：“鼎为和味，俎者割截，天下岂有人为吾宰者乎？”初，力牧之后曰伊挚，耕于有莘氏之野，汤闻以币聘。有莘之君留而不进。汤乃求婚于有莘之君，有莘之君遂嫁女于汤，以挚为媵臣，至亳，乃负鼎抱俎见汤也。

——《太平御览》

汤得伊尹，祓之于庙，爝以爟火，衅以牺猳。明日，设朝而见之，说汤以至味。

——《吕氏春秋》

【译文】

成汤东巡，到了有莘国。为什么求不到伊尹呢，反而得到了德善之妃？水滨之上的树木，出生了伊尹，有莘国的人为何要厌恶伊尹，让他成为陪嫁呢？

有侁氏的女子采桑叶时，在中空的桑树中捡到一个婴儿，并将他献给了自己的君主。君主让厨师哺育这个婴儿，并让他去调查这是怎么回事。厨师向君主报告说：“婴儿的母亲住在伊水边，怀了孕，梦到天神告诉她说：‘如果发现臼里出水就朝东跑，不要回头看。’第二天，她看到臼里出了水，就将情况告诉了她的邻居，朝着东跑了十里，回头一看，她的村子已是一片汪洋。她的身体就变成了一棵中空的桑树。于是给这个婴儿起名叫伊尹。”

商汤思贤之梦，梦见有人负鼎扛俎，对着自己笑。醒后占卜说：“鼎为和味，俎者割截，天下难道要有人成为我的辅助者？”刚开始，他听说力牧有个后人叫伊挚（即伊尹），在有莘之野耕种，打算用丰厚的资金聘用他。但有莘之君留下伊尹。商汤于是向有莘之君求婚。有莘之君便将女儿嫁给商汤，让伊尹作为陪嫁的媵臣。到了亳都，伊尹果然辅佐帝王，担当治国之任。

汤得到了伊尹，在宗庙为伊尹举行除灾祛邪的仪式，点燃了苇草以驱除不祥，杀公猪涂血以消灾辟邪。第二天上朝君臣相见，伊尹与汤说起天下最好的味道。

成汤伐夏

【原文】

汤皙而长，颐以髯，兑上丰下，倨身而扬声。

——《晏子春秋》

夏桀无道，罪谏者，汤使人哭之。桀怒汤，以谀臣赵梁计，召而囚之均台，置之种泉，嫌于死。汤乃行赂，桀遂释之，而赏之赞茅。

——《太公金匮》

桀为无道……汤乃惕惧，忧天下之不宁，欲令伊尹往视旷夏，恐其不信，汤由亲自射伊尹。伊尹奔夏三年，反报于亳，曰："桀迷惑于末嬉，好彼琬、琰，不恤其众。众志不堪，上下相疾，民心积怨，皆曰：'上天弗恤，夏命其卒。'"汤谓伊尹曰："若告我旷夏尽如诗。"汤与伊尹盟，以示必灭夏。伊尹又复往视旷夏，听于末嬉。

——《吕氏春秋》

汤乃兴师，率诸侯，伊尹从汤，汤自把钺以伐昆吾，遂伐桀。

——《史记》

遝至乎夏王桀，天有酷命，日月不时，寒暑杂至，五谷焦死，鬼呼国，鹤鸣十夕余。天乃命汤于镳宫，用受夏之大命："夏德大乱，予既卒其命于天矣，往而诛之，必使汝堪之。"汤焉敢奉率其众，是以乡有夏之境，帝乃使阴暴毁有夏之城。少少，有神来告曰："夏德大乱，往攻之，予必使汝大堪之。予既受命于天，天命融隆火于夏之城间西北之隅。"汤奉桀众以克有夏，属诸侯于薄，荐章天命，通于四方，而天下诸侯莫敢不宾服，则此汤之所以诛桀也。

——《墨子》

汤受命而伐之，战于鸣条，桀师不战，汤遂放桀，与末嬉嬖妾同舟，流于海，死于南巢之山。

——《列女传》

【译文】

成汤皮肤白皙而身材修长，脸颊上长着长长的胡须，额头狭窄而下颌丰满，身体直而微屈，声音洪亮。

夏桀失去道义，加罪给进谏的人，汤让人哀思进谏的人。桀迁怒于成汤，采用谀臣赵梁的计谋，将成汤骗来，囚禁在均台，安置均台的水牢中，差点就死了。成汤于是设法行贿，桀才放了他，并封赏赞茅这个地方给他。

桀不行德政……成汤既担心又害怕，忧心天下不能安宁，打算让伊尹去夏国探视情况，担心夏桀不相信，于是亲自射杀伊尹。伊尹逃到夏国，三年后，回到亳地，汇报说："桀被末嬉（其他典籍中也有写作妹喜）迷惑，爱好琬、琰两个姬妾，不关心他的民众。人们都很不满意，上下都彼此憎恶，人民心中积累了很多怨恨，都说：'老天都不体恤夏国，夏国快完了。'"汤对伊尹说："你告诉我的关于夏桀的消息，和歌谣中唱的完全一样。"汤于是和伊尹商量，发誓一定要灭夏。伊尹又回到夏桀身边刺探消息，受到末嬉的信任。

成汤招兵买马，率领诸侯，伊尹跟随汤，汤自己拿着钺，以讨伐昆吾为名，于是讨伐桀。

等到夏王桀的时候，上天降下严酷的命令，太阳、月亮不按照时候出来，气候的冷与热失去规律，谷物枯死，国家都有鬼叫，鹤鸣十余个晚上。天帝就在镳宫命令成汤，让他接受夏朝的天命："夏的德行败坏，天下大乱，我已把他的命运中断，你前去诛灭他，一定使你战胜他。"汤于是敢奉命率领他的部队，向夏边境进军。天帝派神兵暗中毁掉夏的城池。少顷，有神来通告说："夏的德行败坏，天下大乱，去攻打他，我一定让你彻底战胜他。我已经受命于上天，上天命令火神祝融降火在夏都西北角。"汤接受夏的民众而战胜了夏，在薄地会合诸侯，表明天命，并向四面八方通告，而天下诸侯没有不敢归附的，这就是汤诛灭夏的原因。

汤接受天命，讨伐夏桀，在鸣条发起战争，桀的军队不战而降，汤于是放逐桀，夏桀与末嬉以及爱妾在一条船上，流入海中，后来死于南巢之山。

汤斩夏耕之尸

【原文】

有人无首，操戈盾立，名曰夏耕之尸。故成汤伐夏桀于章山，克之，斩耕厥前。耕既立，无首，走厥咎，乃降于巫山。

——《山海经》

【译文】

有个人没了脑袋，手拿一把戈和一面盾牌立着，名叫夏耕尸。从前成汤在章山讨伐夏桀，打败了夏桀，斩杀夏耕尸于他的面前。夏耕尸站立起来后，发觉没了脑袋，为逃避他的罪咎，于是到巫山去了。

圣人传说

【原文】

傅说之状，身如植鳍。

——《荀子》

傅说居北海之洲，圜土之上，衣褐带索，庸筑于傅岩之城，武丁得而举之，立为三公。

——《墨子》

武丁夜梦得圣人，名曰说。以梦所见视群臣百吏，皆非也。于是乃使百工营求之野，得说于傅险中。是时说为胥靡，筑于傅险。见于武丁，武丁曰是也。得而与之语，果圣人，举以为相，殷国大治。

——《史记》

傅说得之，以相武丁，奄有天下，乘东维，骑箕尾，而比于列星。

——《庄子》

【译文】

傅说的形状，身体就如鳍在鱼背上。

傅说居住在北海的小洲上，牢狱之中，以粗布为衣服，以绳索为腰带，被奴役而修建傅岩之城，武丁得到他并重用他，将其立为辅相。

武丁晚上做梦得到圣人，名字叫说。他将梦所见与群臣百吏相比，发现他们都不是他梦中的样子。于是武丁让百工营到田野中去寻找，最终在傅险中找到说。当时说是胥靡，在傅险修建工事。后来见到武丁，武丁说就是这个人。因此与说交谈，发现他果然是圣人，便封他以为相，殷国于是得到很好的治理。

傅说得道，成为武丁的相，覆盖天下，去世后与列星相比。

暴虐的纣王

【原文】

帝纣资辨捷疾，闻见甚敏，材力过人，手格猛兽，知足以距谏，言足以饰非，矜人臣以能，高天下以声，以为皆出己之下。好酒淫乐，嬖（bì）于妇人。爱妲己，妲己之言是从。于是使师涓作新淫声，北里之舞，靡靡之乐。厚赋税以实鹿台之钱，而盈钜桥之粟。益收狗马奇物，充仞宫室。益广沙丘苑台，多取野兽蜚鸟置其中。慢于鬼神。大冣乐戏于沙丘，以酒为池，县肉为林，使男女倮相逐其间，为长夜之饮。百姓怨望而诸侯有畔者。

——《史记》

膏铜柱，下加之炭，令有罪者行焉，辄堕炭中，妲己笑，名曰炮格之刑。

——《列女传》

一水出朝歌城西北，东南流。老人晨将渡水而沉吟难济。纣问其故，左右曰：老者髓不实，故畏寒也。纣乃于此斮膝胫而视髓也。

——《水经注》

乃强谏纣，纣怒曰："吾闻圣人心有七窍。"剖比干，观其心。

——《史记》

九侯有好女，入之纣。九侯女不憙淫，纣怒，杀之，而醢九侯。鄂侯争之强，辨之疾，并脯鄂侯。西伯昌闻之，窃叹。崇侯虎知之，以告纣，纣囚西伯羑里。

——《史记》

【译文】

纣天资聪颖，有口才，行动迅速，接受能力很强，而且气力过人，能徒手与猛兽格斗。他的智慧足可以拒绝臣下的谏劝，他的话语足可以掩饰自己的过错。他凭着才能在大臣面前夸耀，凭着声威到处抬高自己，认为天下所有的人都比不上他。他嗜好喝酒，放荡作乐，宠爱女人。他特别宠爱妲己，一切都听妲己的。他让乐师涓为他制作了新的俗乐，北里的舞曲，柔弱的歌。他加重赋税，以充实鹿台钱库，把钜桥粮仓的粮食装得满满的。（他）又多方搜集狗马和新奇的玩物，填满了宫室，又扩建沙丘的园林楼台，捕捉大量的野兽飞鸟，放置在里面。他对鬼神傲慢不敬。他招来大批戏乐，聚集在沙丘，用酒当作池水，把肉悬挂起来当作树林，让男女赤身裸体，在其间追逐戏闹，饮酒寻欢，通宵达旦。纣如此荒淫无度，百姓们怨恨他，诸侯有的也背叛了他。

铜柱上抹上膏，在下面烧炭，让有罪的人在上面行走，不久就会掉到炭中，妲己（看到后）笑了，命名为炮格（即炮烙）之刑。

淇水从朝歌城西北出来，向东南流去。有一个老人在早晨要渡水，但在水边徘徊不下去。纣王问其缘故，左右告诉他说：老年人的骨髓不结实，所以在早上害怕寒冷。纣王于是命令人将他的膝盖打断，以观察他的骨髓。

比干极力劝谏，纣大怒，说：“我听说圣人的心有七个孔。”（于是）剖开比干的胸膛，挖出心来观看。

九侯有个美丽的女儿，献给了纣，她不喜淫荡，纣大怒，杀了她，同时把九侯也施以醢刑，剁成肉酱。鄂侯极力强谏，争辩激烈，结果鄂侯也遭到脯刑，被制成肉干。西伯昌闻见此事，暗暗叹息。崇侯虎得知，向纣去告发，纣就把西伯囚禁在羑里。

周文王被囚

【原文】

纣既囚文王，文王之长子曰伯邑考，质于殷，为纣御。纣烹以为羹，赐文王，曰：“圣人当不食其子羹。”文王得而食之，纣曰：“谁谓西伯圣者？食其子羹尚不知也。”

——《帝王世纪》

屈商乃拘文王于羑里。于是散宜生乃以千金求天下之珍怪，得驺（zōu）虞、鸡斯之乘，玄玉百工，大贝百朋，玄豹、黄罴（pí）、青犴（àn）、白虎文皮千合，以献于纣。

——《淮南子》

闳夭之徒患之，乃求有莘氏美女，骊戎之文马，有熊九驷，他奇怪物，因殷嬖臣费仲而献之纣。纣大说，曰："此一物足以释西伯，况其多乎！"乃赦西伯。

——《史记》

【译文】

周文王被纣王囚禁后，文王长子叫伯邑考，在殷商做人质，为纣王驾车。纣王烹杀了伯邑考将他做成了肉羹赐给周文王，并说："圣人应当不会吃自己儿子做成的肉羹。"周文王最后吃了肉羹，纣王说："谁说西伯昌是圣人？吃了自己儿子做成的肉羹还不知道。"

纣王将文王关押在羑里。于是散宜生用千金遍求天下的珍怪之物，得到驺虞、鸡斯等坐骑，黑色的玉、百位手工业艺人，很多的钱财，玄豹、黄罴、青犴、白虎文皮千张，都献给纣王。

（纣王关押文王，）闳夭等人担心他，便找到有莘氏美女，骊戎的文马，有熊九驷（古代同驾一辆车的四匹马），他对这些物品感到稀奇，通过殷商的嬖臣费仲献给纣王，纣王开心地说："其中一件东西就可以释放西伯，更何况有这么多呢！"于是赦免了西伯。

姜太公封于齐

【原文】

太公望吕尚者，东海上人。其先祖尝为四岳，佐禹平水土甚有功。虞夏之际封于吕，或封于申，姓姜氏。夏商之时，申、吕或封枝庶子孙，或为庶人，尚其后苗裔也。本姓姜氏，从其封姓，故曰吕尚。

——《史记》

吕望年七十，钓于渭渚，三日三夜，鱼无食者，望即忿，脱其衣冠。上有农人者，古之异人，谓望曰："子姑复钓，必细其纶，芳其饵，徐徐而投，无令鱼骇。"望如其言，初下得鲋，次得鲤，刺鱼腹得书，书文曰："吕望封于齐。"望知其异。

——《说苑》

文王梦天帝服玄禳以立令狐之津，帝曰："昌，赐汝望。"文王再拜，稽首。太公于后亦再拜，稽首。文王梦之之夜，太公梦之亦然。其后文王见太公，而训之曰："而名为望乎？"答曰："唯，为望。"文王曰："吾如有所于见汝？"太公言其年月与其日，且尽道其言，"臣以此得见也"。文王曰："有之！有之！"遂与之归，以为卿士。

——《周志》

文王以太公望为灌坛令。期年，风不鸣条。文王梦一妇人，甚丽，当道而哭。问其故。曰："吾泰山之女，嫁为东海妇，欲归，今为灌坛令当道有德，废我行。我行必有大风疾雨，大风疾雨，是毁其德也。"文王觉，召太公问之。是日果有疾雨暴风，从太公邑外而过。文王乃拜太公为大司马。

——《搜神记》

【译文】

太公望吕尚，是东海上的人。他的先祖曾经担任四岳这个官职，辅佐禹平水土，很有功劳。在虞夏之际，被封为吕，或封为申，姓姜氏。夏商之时，申、吕等后人有的封枝庶子孙，有的成为庶人，吕尚是他们的后代。本姓姜氏，从其封姓，所以叫吕尚。

吕望七十岁那年，在渭渚钓鱼，三天三夜，都没有钓到鱼，吕望很生气，把自己的衣冠都脱了。有一个农人模样的人，古代的异人，对吕望说："你再钓一次，用很细的钓鱼线，芳香的诱饵饵，慢慢投入水中，不要让鱼受到惊吓。"吕望按照他说的话，第一次就钓到鲋禹，第二次钓到鲤鱼，把鱼肚子打开发现里面有书，书中说："吕望受封于齐（今山东北部）。"吕望这才知道这个人是异人。

文王梦见天帝穿着玄禳站在令狐之津，说："昌，赐给你吕望。"文王拜了两次，叩头至地。太公在他的后面也拜了两次，叩头至地。文王梦见吕望的夜晚，太公也做了同样的梦。后来文王见太公，对他说："你的名字是吕望吗？"太公回答："是，我叫吕望。"文王说："我有见到过你吗？"太公说哪年哪月哪日，将所知一切都告诉文王，并说，"我因此而见文王"。文王说："有这回事！有这回事！"于是和太公一起回去，封太公为卿士。

周文王任命太公望做灌坛县令，一年来，风调雨顺。（一天，）文王梦中见一个女人，长得很漂亮，在道路中啼哭，问她为什么哭。她说："我是泰山神的女儿，嫁给西海神做妻子。现在要出嫁了，但是因为灌坛令当政又有德行，我不能过去；因为我走过必有狂风暴雨，这样就必定会损坏他的德政。"文王梦醒，召太公望询问这件事。这一天果然有狂风暴雨从太公望的灌坛城外经过。文王于是授给太公大司马一职。

姜太公引荐五神

【原文】

武王伐纣，都洛邑，未成。阴寒雨雪十余日，深丈余。甲子平旦，不知何五丈夫乘车马从两骑止王门外，欲谒武王。

武王将不出见，尚父曰："不可，雪深丈余，而车骑无迹，恐是圣人。"太师尚父乃使人持一器粥出，开门而进五车两骑，曰："王在内未有出意，时天寒，故进热粥以御寒，未知长幼从何起？"两骑曰："先进南海君，次东海君，次西海君，次北海君，次河伯、雨师、风伯。"

粥既毕，使者具告尚父。尚父谓武王曰："客可见见矣。五车两骑，四海之神与河伯、雨师、风伯耳。南海之神曰祝融，东海之神曰句芒，北海之神曰玄冥，西海之神曰蓐收，河伯名冯夷，雨师名咏，风伯名姨，请使谒者各以其名召之。"

武王乃于殿上，谒者于殿下门外引祝融进，五神皆惊，相视而叹。祝融拜。武王曰："天阴远来，何以教之？"皆曰："天伐殷立周，谨来受命，愿敕风伯雨师，各使奉其职。"

——《太公金匮》

【译文】

周武王讨伐纣，打算筑王都在洛阳，一时没有成功。阴寒雨雪十多天，雪深丈余。甲子天将明的时候，不知从哪里来的五辆车和两匹马，停止在王门外，想要面见周武王。

周武王不想出去见他们，尚父说："不可以，雪深丈余，他们的车骑却没有痕迹，恐怕是圣人。"太师尚父于是命令一个人端着一锅粥出去，打开门让五辆车和两个骑马的人进来，说："周武王在里面不想出来，现在天气寒冷，你们先喝点热粥御寒，不知道该先给谁呢？"两个骑马的人说："先给南海君，次给东海君，次给西海君，次给北海君，次给河伯、雨师、风伯。"

献完粥，使者具告尚父。尚父对周武王说："可以见见客人了。五辆车两个骑马的人，分别是四海之神与河伯、雨师、风伯。南海的神叫祝融，东海的神叫句芒，北海的神叫玄冥，西海的神叫蓐收，河伯叫冯夷，雨师叫咏，风伯叫姨，请使谒的人招呼他们的名字让他们觐见。"

周武王于是坐在殿上，谒者在殿下门外引祝融进，五神都非常惊讶，互相看着感慨。祝融拜见。周武王说："天阴远来，有什么指教的吗？"回答说："上天要伐殷立周，我们前来受命，愿命令风伯雨师，让他们各自奉其职。"

武王伐纣

【原文】

周武王伐纣，卜筮之，逆，占曰："大凶。"太公推蓍蹈龟而曰："枯骨死草，何知吉凶！"

——《论衡》

武王伐纣，雨甚雷疾。武王之乘，雷震而死，周公曰："天不祐周矣。"太公曰："君秉德而受之，不可如何也！"

——《太平御览》

武王伐殷，乘舟济，兵车出，坏船于河中。太公曰："太子为父报仇，今死无生。"所过津梁，皆悉烧之。

——《太平御览》

武王伐纣，渡于孟津，阳侯之波，逆流而击，疾风晦冥，人马不相见。于是武王左操黄钺，右秉白旄，瞋目而抪之曰："余任天下，谁敢害吾意者！"于是风济而波罢。

——《淮南子》

武王伐纣，到于邢丘，轭折为三，天雨三日不休。

武王心惧，召太公而问曰：“意者纣未可伐乎？”太公对曰：“不然。輗折为三者，军当分为三也；天雨三日不休，欲洒吾兵也。”武王曰：“然何若矣？”太公曰：“爱其人者，及屋上乌；恶其人者，憎其胥余；咸刘厥敌，靡使有余。”

——《韩诗外传》

【译文】

周武王讨伐纣，占卜吉凶，逆，占说：“大凶。”太公推到蓍踩着龟说：“干枯的骨头、丧失生命的草，如何知道吉凶！”

周武王伐纣，雷雨特别大。周武王的马被雷电击死，周公说：“上天不保佑大周。”太公说：“我们的君王拥有德行并且接受天命而伐纣，怎么会不被保佑呢！”

周武王伐纣，坐了船渡过黄河。兵车刚用船搬运过河，太公马上命人把船在河里全部毁坏。说：“这回出兵，是太子去为他父亲报仇，大家只有去和敌人拼死奋战，不可存侥幸生还之心！”所过的渡口和桥梁，也都叫人全部烧掉。

周武王伐纣，在孟津地方过渡，忽然，大波之神阳侯掀起了一个个巨大的浪涛，迎着船头打来，狂暴的风刮得天昏地暗，连人和马都看不见了。这时，周武王坐在船头，左手拿了一把黄金色的大板斧，右手拿了一只悬挂白色旄牛尾巴的指挥竿，瞪大眼睛，把指挥竿向前指着说道：“我既然担当了天下的重任，谁敢来违逆我的意志！”周武王说完这话，顷刻间，风也停了，波浪也止息了，于是军队安然渡过孟津。

周武王伐纣，到了邢丘这个地方，发现车轭无故折为三段，且天降大雨，一连下了三天三夜也不休止。周武王心里害怕，便召太公来问道："看这光景好像还不可以讨伐吗？"太公答道："不然。车轭折为三段，是说我们的军队应当分为三路；大雨连下三天不止，那是在洗我们的甲兵，让我们清清爽爽好上路啊！"周武王听了，说："那又怎么办呢？"太公说："爱那个人，就连他屋顶上的乌鸦也觉得可爱；要是憎恶那个人，就连他的篱笆也觉得可恶。（现在的办法就是去）杀光刘厥等敌人，不要剩下一个！"

伯夷叔齐

【原文】

伯夷、叔齐，孤竹君之二子也。父欲立叔齐，及父卒，叔齐让伯夷。伯夷曰："父命也。"遂逃去。叔齐亦不肯立而逃之。国人立其中子。

于是伯夷、叔齐闻西伯昌善养老，盍往归焉。及至，西伯卒，武王载木主，号为文王，东伐纣。伯夷、叔齐叩马而谏曰："父死不葬，爰及干戈，可谓孝乎？以臣弑君，可谓仁乎？"左右欲兵之。太公曰："此义人也。"扶而去之。武王已平殷乱，天下宗周，而伯夷、叔齐耻之，义不食周粟。隐于首阳山，采薇而食之。

及饿且死，作歌。其辞曰：“登彼西山兮，采其薇矣。以暴易暴兮，不知其非矣。神农、虞、夏忽焉没兮，我安适归矣？于嗟徂兮，命之衰矣！”遂饿死于首阳山。

——《史记》

【译文】

伯夷、叔齐，是孤竹君的两个儿子。父亲想立小儿子叔齐为国君，等到父亲死后，叔齐却要让位给长兄伯夷。伯夷说：“让你即位是父亲的遗命。”于是就逃走了。叔齐也不肯继承君位而逃走了。孤竹国的人只好立他们的另一个兄弟作为国君。

这时，伯夷、叔齐听说西伯姬昌最敬养老人，便去投靠他。等他们到达的时候，西伯却死了，他的儿子武王用车载着灵牌，尊称他为文王，向东进发，讨伐纣王。伯夷、叔齐拉住武王战马的缰绳而劝阻说：“父亲死了尚未安葬，竟然动起兵器来，能说得上是孝吗？身为臣子却要去杀君王，能说得上是仁吗？”武王身边的人想用兵器杀死他们，太公姜尚说：“这两位是义士啊！”搀扶他们离开了。武王平定殷商之乱后，天下都归附于周朝，但是伯夷、叔齐却认为这样做可耻，他们坚持节操，不吃周朝的粮食，并隐居到首阳山，采集薇菜（野菜名）来充饥。直到他们饿到快要死的时候，作了一首诗歌，那歌词说：“登上那座西山啊，采摘薇菜来充饥，用残暴取代暴虐呀，还不知道这样的行为是不义的。神农、虞舜、夏禹的时代很快就消逝了，我们还能到哪里去寻找归宿呢！可叹我们的死期已近，生命已经衰弱了！”于是，伯夷、叔齐就饿死在首阳山。

三足乌

【原文】

蓬莱之东，岱舆之山，上有扶桑之树，树高万丈。树颠有天鸡，为巢于上。每夜至子时则天鸡鸣，而日中阳乌应之；阳乌鸣则天下之鸡皆鸣。

——《玄中记》

（汉武帝）曰：“朕所好甚者不老，其可得乎？”朔曰：“东北有地曰之草，西南有春生之草。”帝曰：“何以知之？”朔曰：“三足乌数下地食此草，羲和欲驭，以手掩乌目，不听下也。食草能不老，他鸟兽食此草则美闷不能动矣。”

——《洞冥记》

【译文】

在蓬莱的东面，有一座岱舆山，山上有棵扶桑树，树高达万丈。树顶端有天鸡，在上面筑巢。每天晚上子时（十一点到一点钟），就开始鸣叫，然后日中的阳鸟（随季节变换而有北迁移的鸟）应和它。阳鸟叫了，天下的鸡都开始叫了。

汉武帝说：“我希望自己能长生不老，怎么可以做到呢？”东方朔回答说：“东北有地称之为草，西南有春生称之为草。”汉武帝问：“你怎么知道的呢？”东方朔回答说：“三足乌经常下来吃这种草，羲和打算驾驭它们，用手遮住乌的眼睛，不让它们随便下来。吃了这个草不会变老，但鸟兽吃了就不能动弹。”

敤首作画

【原文】

画嫘，舜妹也，画始于嫘（léi），故曰：画嫘。

——《画史绘要》

敤（kě）首脱舜予瞍象之害，则造化在手，堪作画祖。

——《画尘》

【译文】

画嫘（又名敤首），舜的妹妹，善于画画，所以叫她画嫘。

敤首能描绘事物的精髓，如同造化在手，被称为画祖。

湘妃殉情

【原文】

洞庭之山……帝之二女居之，是常游于江渊。澧沅之风，交潇湘之渊，是在九江之间，出入必以飘风暴雨，是多怪神，状如人而载蛇。

——《山海经》

有虞二妃者，帝尧之二女，长曰娥皇，次曰女英，尧以妻舜于妫汭。舜既为天子，娥皇为后，女英为妃。舜死于苍梧，二妃死于江湘之间，俗谓之湘君。

——《列女传》

【译文】

在洞庭山上……尧的两个女儿居住在那里，她们常常在江湖之上游览。澧沅二水流域的风，在潇水与湘水的深水处汇合，（当她们）在九江之间出入的时候，一定会刮风下雨，很多形象像人却载着蛇的神怪出没。

有虞氏的两位妃子是尧的两个女儿，长女叫娥皇，次女叫女英，尧将自己的两个女儿许配给舜，舜成为天子后，娥皇成为王后，女英成为妃子。后来舜在苍梧去世，娥皇和女英也分别投入江湘，殉情而去。后来大家称她们为湘君。

鼻亭神

【原文】

鼻亭神在营道县北六十里。故老传云：舜葬九疑，象来至此，后人立祠，名为鼻亭神。

——《括地志》

鼻亭神，象祠也。不知何自始立，因而勿除，完而恒新，相传且千岁。元和九年，河南薛公（原注：伯高也）由刑部郎中刺道州，除秽革邪，敷和于下州之罢人，去乱即治，……披地图，得是祠，……命亟去之。于是撤其屋，墟其地，沈其主于江。

——《柳河东集记》

【译文】

鼻亭神在营道县向北六十里的地名。传说，舜被葬在九疑，象来到这里，后人立祠（封建制度下供奉祖宗、鬼神或有功德的人的房屋），名叫鼻亭神。

鼻亭神，就是为了纪念象而建立的祠堂，不知道是什么时候建立的，从来没有拆除过，完好像新的，传说有一千多年了。元和九年（814），河南薛公担任刑部郎中刺道州，消除污秽革除弊端，对下州疲惫的百姓亲厚和睦，平定动乱并加以治理……按照地图，找到了这个祠堂……薛公命令拆了它。于是，推翻它的屋子，让地变成了废墟，把主干沉在江中。

捉鬼人尺郭

【原文】

东南有人焉，周行天下，其长七丈，腹围如其长。朱衣缟带，以赤蛇绕其项。不饮不食，朝吞恶鬼三千，暮吞三百。此人以鬼为食，以雾为浆，名曰尺郭，一名食邪，一名黄父。

——《神异经》

【译文】

大地东南有巨神，周游天下，他身高七丈，腰阔七丈；穿着红色的衣服、戴着白色的带子，头顶雄鸡，赤蛇绕额。每天早上吞三千恶鬼，傍晚吞三百恶鬼。他以鬼为食，以雾为酒，名叫尺郭，还叫食邪，又叫黄父。

李冰斗蛟

【原文】

秦昭王伐蜀，令李冰为守。江水有神，岁取童女二人为妇。主者自出钱百万以行槌，冰曰："不须，吾自有女。"到时职饰其女，当以沉江。冰径上神坐，举酒酹曰："今得傅九族，江君大神，当见尊颜，相为进酒。"冰先投杯，但澹淡不耗。厉声曰："江君相轻，当相伐耳！"拔剑，忽然不见。良久，有苍牛斗于岸。有顷，冰还，谓官属令相助，曰："南向要中正白，是我绶也。"还复斗。主簿刺杀其北面者。江神死，后无复患。

——《太平御览》

【译文】

秦昭王讨伐蜀国，命令李冰担任蜀郡郡守。江里出了个水蛟，年年都要娶两个童女作为妻子。（有人说，要不出）主人自己出钱百万来代替娶亲。李冰说："不用，我本人有女儿。"到了时候，李冰装扮好他的女儿，沉到江中。李冰径直走到神座上，举起酒杯说："希望能够传来你的宗族，江君大神，应当见到它的尊颜，互相敬酒。"李冰率先投杯子，但没有任何反应。李冰严厉地说："江君看不起我，要讨伐他。"于是拔出宝剑，一下就不见了。过了一会儿，就看见两头牛在水里斗得波浪滔天。不久，李冰又变回来，（上了岸，）对他的官员说，希望得到他们的帮助，说："面向南面、穿着白丝带的就是我。"再次回去参加战斗。主簿于是刺杀了北面的牛。江神死了，再也没有出来祸害。

龙伯大人钓六龟

【原文】

渤海之东不知几亿万里，有大壑焉，实惟无底之谷，其下无底，名曰归墟。八纮九野之水，天汉之流，莫不注之，而无增无减焉。其中有五山焉：一曰岱舆，二曰员峤，三曰方壶，四曰瀛洲，五曰蓬莱。其山高下周旋三万里，其顶平处九千里。山之中间相去七万里，以为邻居焉。其上台观皆金玉，其上禽兽皆纯缟。珠玕之树皆丛生，华实皆有滋味，食之皆不老不死。所居之人皆仙圣之种；一日一夕飞相往来者，不可数焉。

而五山之根无所连箸，常随潮波上下往还，不得蹔峙焉。仙圣毒之，诉之于帝。帝恐流于西极，失群仙圣之居，乃命禺彊使巨鳌十五举首而戴之。迭为三番，六万岁一交焉。五山始峙而不动。

而龙伯之国有大人，举足不盈数步而暨五山之所，一钓而连六鳌，合负而趣，归其国，灼其骨以数焉。于是岱舆、员峤二山流于北极，沉于大海，仙圣之播迁者巨亿计。帝凭怒，侵减龙伯之国使阨，侵小龙伯之民使短。至伏羲神农时，其国人犹数十丈。

——《列子》

【译文】

在渤海东面不知几亿万里的地方，有一片非常大的沟壑，实际上就是一个没有底的山谷，它的下面没有底，名字叫“归墟”。地面和天空八个方向的水和中央的流水，以及银河的流水，没有不流到那里的，而那里的水既不会增加，也不会减少。在那里有五座山：分别是岱舆山、员峤山、方壶山、瀛洲山和蓬莱山。每座山高低延伸达三万里，山顶上的平坦处也有九千里。山与山之间相距达七万里，认为是邻居。山上的楼台宫殿都是用金银珠玉建成的，飞禽走兽都是纯白色。珠玉宝石之树长得密密麻麻，花朵与果实的味道都很鲜美，吃了以后可以长生不老、不死。住在那里的人都是神仙圣人一类，一天一夜就能飞过去又飞回来的人，数也数不清。

但五座山并不相连，经常随潮水上下波动，不能耸立（没有一刻的稳定）。神仙和圣人们非常讨厌这样，就报告天帝。天帝担心这五座山流到最西边去，让众多的神仙与圣人失去居住的地方，于是命令禺大强行指挥十五只大鳌用脑袋把这五座山顶住。大鳌们分三班，六万年一换。这样五座山才稳定下来不再流动。

龙伯之国有个巨人，他抬起脚没走几步就到了这五座山所在的地方，一钩就钓上了六只大鳌，随后背上大鳌回到了他的国家，接着灼烧大鳌的骨头来占卜吉凶。这样，岱舆和员峤两座山就漂到了最北边，沉入了大海，神仙和圣人流离迁徙的数量多得要用亿数来计算。天帝很是生气，于是逐渐缩小了龙伯国的国土使它越来越狭小，逐渐缩小了龙伯国的人民使他们越来越矮小。到了伏羲、神农的时代，那个国家的人还有几十丈高。

鬼母食子

【原文】

南海小虞山中，有鬼母，能产天下鬼。一产千鬼，朝产之，暮食之。今苍梧有鬼姑神是也，虎头、龙足、蟒目、蛟眉。

——《述异记》

【译文】

在南海的小虞山山中，有鬼母，能生产天下的鬼。她一次生产能生千只鬼，早上生出来，晚上就吃了他们。现在苍梧有鬼姑神，有老虎一样的头，龙一样的脚，蟒蛇一样的眼睛，蛟龙一样的眉毛。

龙狗盘瓠

【原文】

高辛氏，有老妇人，居于王宫，得耳疾历时。医为挑治，出顶虫，大如茧。妇人去后，置以瓠篱，覆之以盘，俄尔顶虫乃化为犬，其文五色。因名盘瓠，遂畜之。时戎吴强盛，数侵边境，遣将征讨，不能擒胜。乃募天下有能得戎吴将军首者，购金千斤，封邑万户，又赐以少女。

后盘瓠衔得一头，将造王阙。王诊视之，即是戎吴。为之奈何？群臣皆曰：“盘瓠是畜，不可官秩，又不可妻。虽有功，无施也。”少女闻之，启王曰：“大王既以我许天下矣。盘瓠衔首而来，为国除害，此天命使然，岂狗之智力哉。王者重言，伯者重信，不可以女子微躯，而负明约于天下，国之祸也。”王惧而从之。令少女从盘瓠，盘瓠将女上南山，草木茂盛，无人行迹。于是女解去衣裳，为仆竖之结，着独力之衣，随盘瓠升山入谷，止于石室之中……盖经三年，产六男六女。

盘瓠死后，自相配偶，因为夫妇。

——《搜神记》

【译文】

高辛王在位的时候，有个居住在王宫的老妇人，耳朵不舒服，医生为她治耳，从耳里挑出一只大如茧的顶虫。老妇人把顶虫放在瓠篱里，用盘子盖住，不久顶虫就变成了一只狗。这只狗五颜六色的，大家都叫它盘瓠，饲养在宫中。当时北方戎吴族非常强大，三番五次侵犯边境。高辛王曾派兵征讨，都不能取胜。于是（高辛王）悬赏征募天下有能夺取戎吴将军首级的人，赠他千斤黄金，册封（他）为一个可管万户的诸侯，还将公主赐给他为妻。

悬赏没过多久，盘瓠忽然衔来一个人头，送到王宫。高辛王一看，正是戎吴将军的头。对此怎么办呢？群臣都说："盘瓠是兽畜，不可以封官受禄，更不可以将公主嫁给它。盘瓠虽然立了功，却没有什么可以赏赐给它的。"公主知道后，对父王说："父王既然悬赏，天下人都知道，如今盘瓠衔了敌首来，为国除了害，这是天意，岂是一条狗的智力所能办到的吗？天子诸侯都应言而有信，绝不能因爱惜一个女子，便失信于天下人，那将招来国家的祸患。"高辛王听后感到惧怕，只好将公主嫁给盘瓠。盘瓠带着公主上了南山，山上草木茂盛，却无人迹。公主脱去华贵衣裳，穿上劳动的粗布衣服，跟随盘瓠登山顶、下深谷，最后在一石室住下。……大概三年后，盘瓠夫妇生下六男六女。盘瓠死后，（他的孩子）自相婚配，结为夫妇。

东明都王夫

【原文】

橐离国王侍婢有娠，王欲杀之，婢曰："有气如鸡子，从天来下，故我有娠。"后生子，捐之猪圈中，猪以喙嘘之；徙至马枥中，马复以气嘘之。故得不死。王疑以为天子也，乃令其母收畜之，名曰东明。常令牧马。东明善射，王恐其夺己国也，欲杀之。东明走，南至施掩冰，以弓击水。鱼鳖浮为桥，东明得渡。鱼鳖解散，追兵不得渡。因都王夫余。

——《搜神记》

【译文】

橐离国国王的一个侍婢怀孕了，国王打算杀了她。侍婢说："有一股像鸡子一样的气，从天而降，所以我才怀孕。"后来生了一个孩子，把他养在猪圈中，猪用嘴呵护他；把他换到马厩中，马又用呵气保护他，所以不得死。国王怀疑他是天子，就命令他的母亲养着他，取名叫"东明"。常叫他牧马。东明擅长射箭，国王担心他夺取自己的国家，想要杀死他。东明逃走，向南边到了施掩冰，用弓射水。鱼和鳖（泛指鳞介水族）浮上来成为桥，东明得以渡过河水。鱼鳖解散后，追兵不能渡河。后建王夫余国。

蓐收惊梦

【原文】

虢公梦在庙，有神人面、白毛、虎爪，执钺，立于西阿，公惧而走。神曰：“无走。帝命曰：‘使晋袭于尔门。’”公拜稽首，觉，召史嚚占之，对曰：“如君之言，则蓐收也，天之刑神也，天事官成。”公使囚之，且使国人贺梦。……六年，虢乃亡。

——《国语》

【译文】

虢国公在宗庙里睡觉，做了一个梦，梦见有一个神人，长着神人的脸白毛、虎爪，手执钺（古代像斧子的兵器），立在西边的屋角。虢公吓得要逃跑。神人说：“不要走！天帝有命令，让晋国来袭击你的国家。”虢拜倒在地上赶紧叩头，就醒了。虢国公让史嚚来解释梦。史嚚说：“如果正如君主所言的，这个神就是蓐收，是天上的刑神。天上的事由它来执行。”虢国公认为史嚚说了不吉利的话，就把他囚起来，反而让国人庆贺他做了个好梦。过了六年，晋国就灭了虢国。

彭祖长寿

【原文】

彭祖姓篯（jiǎn），讳铿，帝颛顼之玄孙也。殷末已七百六十七岁，而不衰老。王令采女乘辎軿（píng）往问道于彭祖。彭祖曰："吾遗腹而生，三岁而失母，遇犬戎之乱，流离西域，百有余年。加以少枯，失四十九妻，丧五十四子，数遭忧患，和气折伤，荣卫焦枯，恐不度世。所闻浅薄，不足宣传。"乃去，不知所之。其后七十余年，闻人于流沙之国西见之。

——《神仙传》

【译文】

彭祖姓篯，名铿，是天帝颛顼的曾孙的儿子。殷商末年时就已经七百六十七岁了，却并不显衰老。殷王命令宫女乘着四周都有帷篷屏蔽的车前去向他请教长生之道，彭祖说："我是个遗腹子，三岁时又失去母亲。后来遇到犬戎之乱，流浪到西域，度过了一百多年。再加上我年轻时身体不好，陆续失去了四十九个妻子，死了五十四个儿子，数次遭受忧患，元气损伤，血脉干枯，恐怕也活不了多久了。对于养生之道，我也见闻浅薄，不值得宣扬。"说完便离开了，从此不知去向。又过了七十几年，听说有人在流沙国的西陲见过他。

鲤鱼跳龙门

【原文】

龙门山，在河东界。禹凿山断门一里余，黄河自中流下，两岸不通车马。每岁季春，有黄鲤鱼，自海及诸川，争来赴之。一岁中，登龙门者，不过七十二。初登龙门，即有云雨随之，天火自后烧其尾，乃化为龙矣。

——《太平广记》

【译文】

龙门山在黄河的东岸。禹治水的时候，将山凿断，形成了一个一里多宽的门状缺口，黄河就从中间奔流而下。两岸陡峭而没有路，车马不通。每年暮春三月，有金色鲤鱼从大海及流域的各条河流争先恐后赶来龙门。一年之内，能跳过龙门的鲤鱼，也不过七十二尾。鲤鱼刚刚跳过龙门，就会有云雨陪伴而来，天火从后面烧掉尾巴，于是鲤鱼变成了飞龙。

吴刚伐桂

【原文】

旧言月中有桂，有蟾蜍。故异书言：月桂高五百丈，下有一人，常斫之，树创随合。人姓吴，名刚，西河人，学仙有过，谪令伐树。

——《酉阳杂俎》

【译文】

过去传说月亮中有桂树，有蟾蜍（俗称癞蛤蟆）。因而有一些专门记录异事的书籍上说：月中桂树高五百丈，树下有一个人，经常抡着斧子砍树，但树上的创口随砍随合。又传说砍树的人姓吴，名叫刚，西河人。因学仙犯了错，被罚在这里砍树。

望帝杜宇

【原文】

时蜀民稀少，后有一男子名曰杜宇，从天堕止朱提；一女子名利，从江源井中出，为杜宇妻。乃自立为蜀王，号曰望帝，治汶山下邑曰郫。……望帝积百余岁，荆有一人名鳖灵，其尸亡去，荆人求之不得，鳖灵尸随江水上至郫，遂活，与望帝相见。望帝以鳖灵为相。时玉山出水，若尧之洪水，望帝不能治，使鳖灵决玉山，民得安处。

鳖灵治水去后，望帝与其妻通，惭愧，自以德薄，不如鳖灵，乃委国授之而去，如尧之禅舜。鳖灵即位，号曰开明帝；帝生卢保，亦号开明。望帝去时，子鸣，故蜀人悲子鸣而思望帝。望帝，杜宇也。

——《全上古三代秦汉三国六朝文》

【译文】

那时蜀地人烟稀少，后来有个叫杜宇的男子，从天上落到朱提山上。又有个叫利的女子，从江源的井里冒出来的，给杜宇做了妻子。杜宇自立为蜀王，称为望帝。治理汶山下名叫邑陴那个地方。……望帝在位一百多年，荆楚有个叫鳖灵的人，死后尸体不见了，人们寻找了很久还是找不到。鳖灵的尸身却随着江水逆流而上，漂到陴，然后复活了，与望帝（杜宇）相见。望帝便请鳖灵做了宰相。那时玉山发大水，就像唐尧时的大洪水一样。望帝不能治理，就派鳖灵去掘开玉山，疏导洪水，百姓才得以安居乐业。

鳖灵离家治水的时候，望帝却与鳖灵的妻子私通。望帝十分羞愧，自己觉得自己德薄望浅，赶不上鳖灵，就放弃王位，授予鳖灵而离开，就像尧把天下让给舜一样。鳖灵即位，号称开明帝。他的儿子卢保后来即位，也号开明。望帝离开时，正是杜鹃啼叫的春天，所以蜀国人听到杜鹃的啼叫就会想起望帝。望帝，就是杜宇。

五丁拔蛇

【原文】

开明帝时，蜀有五丁力士，能移山，举万钧。每王薨，辄立大石，长三丈，重千钧，为墓志，今石笋是也，号曰笋里。

周显王之世，蜀王有褒、汉之地。因猎谷中，与秦惠王遇。惠王以金一笥遗蜀王，王报珍玩之物，物化为土。惠王怒，群臣贺曰：“天承我矣，王将得蜀土地。”惠王喜。

乃作石牛五头，朝泻金其后，曰：“牛便金。”有养卒百人。蜀人悦之，使使请石牛，惠王许之。乃遣五丁迎石牛，既不便金，怒，遣还之。乃嘲秦人曰：“东方牧犊儿！”秦人笑之，曰：“吾虽牧犊，当得蜀也。”

惠王知蜀王好色，许嫁五女与蜀，蜀遣五丁迎之。还到梓潼，见一大蛇，入穴中。一人揽其尾，掣之，不禁；至五人相助，大呼拽蛇。山崩，时压杀五人及秦五女并将从，而山分为五岭，直顶上有平石。蜀王痛伤，乃登之，因命曰“五妇冢”。山川平石上，为“望妇堠（hòu）”，作“思妻台”。今其山或名“五丁冢”。

——《华阳国志》

【译文】

开明帝在位时，蜀地有五个大力士，能移动山，能举万钧重物。每当蜀王去世后，都要立起一块巨石，石长达三丈，重千钧，作为墓的标志，也就是今天的石笋，（都是五丁壮士立的，）名叫“笋里”。

周显王在世时，蜀王统治着有褒和汉这两个地方。因为在山谷中射猎，与秦惠王相逢。秦惠王拿一竹匣黄金赠给蜀王。作为回报，蜀王送给秦惠王不少珍宝玩物。然而珍宝到了秦王手中，却化成了泥土。秦王非常生气，群臣向他祝贺说：“这是老天赠予的，象征着大王将会得到蜀国的土地。”秦惠王听了，便转怒为喜。

秦惠王让人雕刻了五头石牛，这些石牛每天早上都能拉黄金，号称“牛便金”。秦王还派了百名士兵加以养护。蜀人（听说了，十分）高兴，想要得到石牛，蜀王便派使者向秦惠王索要石牛，秦惠王同意了。蜀王派了五个大力士把石牛迎了回来，却不能拉金子。蜀王很生气，派人把石牛送了回去，还嘲笑秦人说：“（你们是）东边的放牛娃”。秦人却笑着回答：“我们虽然放牛，但迟早得到蜀地。”

秦惠王了解到蜀王好女色，便答应将五位美女嫁给蜀王。蜀王又派五个大力士去迎亲。返回梓潼时，看见一条大蟒蛇钻到石穴中。一位大力士向外拽蛇尾，不能拽出来，其他四人跑来帮忙，并大声呼喊拽蛇。突然大山崩塌，五个大力士和秦国的五位美女，以及一起来的随从，都压死在下面。那座山也分为五座山峰，山顶上有平滑的大石。蜀王闻讯，十分悲痛，于是登上山峰，将五岭命名为“五妇冢”。并在山川间的平石上，建造“望妇堠”“思妻台”，现在这座山也被人称为“五丁冢”。

干将铸剑

【原文】

干将者，吴人也，与欧冶子同师，俱能为剑。越前来献三枚，阖闾得而宝之。以故使剑匠作为二枚：一曰干将，二曰莫邪。莫邪，干将之妻也。

干将作剑，采五山之铁精，六合之金英，候天伺地，阴阳同光，百神临观。天气下降，而金铁之精不销沦流，于是干将不知其由。莫邪曰："子以善为剑闻于王，使子作剑，三月不成，其有意乎？"干将曰："吾不知其理也。"莫邪曰："夫神物之化，须人而成。今夫子作剑，得无得其人而后成乎？"干将曰："昔吾师作冶，金铁之类不销，夫妻俱入冶炉中，然后成物。至今后世，即山作冶，麻绖䓘（jiān）服，然后敢铸金于山。今吾作剑不变化者，其若斯邪？"莫邪曰："师知烁身以成物，吾何难哉！"于是干将妻乃断发剪爪，投于炉中。使童男女三百人，鼓橐装炭，金铁乃濡，遂以成剑，阳曰干将，阴曰莫邪，阳作龟文，阴作漫理。干将匿其阳，出其阴而献之，阖闾甚重。

——《吴越春秋》

【译文】

干将，吴国人，与欧冶子拜了同一名师傅，都是铸剑高手。越国派人献来三把宝剑，吴王阖闾得到后视为珍宝，并因此让铸剑工匠也打造两把，一把叫“干将”，一把叫“莫邪”。莫邪是干将的妻子。

干将铸剑，采五方名山的优质的铁，六合的优质的金华，专等到天时地利合宜、阴阳平衡，百神降临观光时，才开始铸剑。不料天气突然发生变化，炉内的优质的金、铁不能销熔流动，干将弄不清到底是什么原因。妻子莫邪说：“你因为擅长铸剑，连吴王都知道你的名字，这才派你铸剑，结果三个月都没成功。这是为什么呢？”干将说：“我也不知道其中的道理。”莫邪说：“任何神物的形成，都要靠人的精诚奉献才成。如今你铸剑，是不是也得有人做出牺牲呢？”干将说：“当年我的师傅冶炼铸物，金属不能熔化，结果他夫妇二人一同投身炉中，器物终于铸成。直到今日，匠人们在矿山边搞铸造，都披麻戴孝、抱着必死的决心，这才敢在山中开炉熔铸。现在铸剑，金、铁不熔，大概就是这种情况吧？”莫邪说：“你的师傅知道牺牲生命来成就器物，在我来看，这也不难！”于是干将的妻子割下头发，剪下指甲，将它们投入炉中。再派三百童男童女拉风箱、装煤炭。炉中金、铁立刻熔化，宝剑也随之铸成。那把阳剑便命名为“干将”，阴剑命名为“莫邪”。阳剑上布满龟纹，阴剑的纹理则是散漫无序的。干将把阳剑收藏好，只拿阴剑献给吴王，吴王得到阴剑，非常爱重。

三王墓

【原文】

楚干将、莫邪为楚王作剑，三年乃成，王怒，欲杀之。剑有雌雄。其妻重身当产，夫语妻曰："吾为王作剑，三年乃成，王怒，往必杀我。汝若生子是男，大告之曰：'出户望南山，松生石上，剑在其背。'"于是即将雌剑，往见楚王，王大怒，使相之，剑有二，一雌一雄，雌来雄不来。王怒，即杀之。

莫邪子名赤比，后壮，乃问其母曰："吾父所在？"母曰："汝父为楚王作剑，三年乃成，王怒，杀之。去时嘱我：'语汝子：出户望南山，松生石上，剑在其背。'"于是子出户，南望，不见有山。但睹堂前松柱下，石砌之上，即以斧破其背，得剑。日夜思欲报楚王。

王梦见一儿，眉间广尺，言欲报仇。王即购之千金。儿闻之，亡去，入山行歌。客有逢者，谓："子年少，何哭之甚悲耶？"曰："吾干将、莫邪子也，楚王杀吾父，吾欲报之。"客曰："闻王购子头千金，将子头与剑来，为子报之。"儿曰："幸甚！"即自刎，两手捧头及剑奉之，立僵。客曰："不负子也。"于是尸乃仆。

客持头往见楚王，王大喜。客曰："此乃勇士头也，当于置汤镬煮之。"王如其言。煮头三日三夕不烂，头踔出汤中，瞋目大怒。客曰：“此儿头不烂，愿王自往临视之，是必烂也。”王即临之，客以剑拟王，王头随堕汤中；客亦自拟己头，头复堕汤中。三首俱烂，不可识别。乃分其汤肉葬之，故通名三王墓。今在汝南北宜春县界。

——《搜神记》

【译文】

楚国有干将、莫邪夫妇，替楚王铸剑，三年才铸成。楚王很生气，想要杀掉干将。剑有两把，一雌一雄。干将之妻莫邪怀孕临产，丈夫对她说：“我为楚王铸剑，三年才铸成。楚王一定会恼怒，肯定会杀我。你如果生下来的是男孩，长大后就告诉他：‘出门望南山，有一棵松树长在石头上，宝剑就在它的背后。’”于是干将拿着雌剑去见楚王。楚王果然大怒，让卜相查看，卜相说应该有两把剑，一雌一雄；干将只带来了雌剑，没拿来雄剑。楚王更加愤怒，马上就把干将杀掉。

莫邪生了个儿子，取名叫赤比。后来长成小伙子，问母亲说：“我父亲在哪里？”母亲回答：“你父亲替楚王铸剑，三年才铸成。楚王大怒，把他杀掉了。临行前嘱咐我说：‘告诉儿子，出门望南山，有一棵松树长在石头上，宝剑就在它的背后。’”于是赤比走出房门向南眺望，却没有看见山。只看见堂前的松木柱子坐落在石基上。他于是拿斧子剖开松木柱的背面，找到了那把雄剑。从那以后，赤比日夜筹划要杀掉楚王，替父报仇。

楚王梦见一个少年，两眉之间有一尺宽，说要报仇。楚王害怕，便悬赏千金，捉拿刺客。赤比得知消息，逃入深山中。他边走边唱，哭得很伤心。有个外乡人看见了，就问他："你这么年轻，有什么事哭得这样伤心？"赤比回答："我是干将、莫邪的儿子，楚王杀了我的父亲，我要报仇（，但找不到办法）。"外乡人说："我听说楚王悬赏千金买你的人头；把你的头和剑拿来，我来替你报仇。"赤比说："好极了！"随即挥剑自刎，两手将头和剑捧给外乡人，可身子却僵立不倒。外乡人说："我一定不会辜负你的。"尸体这才向前倒下。

外乡人拿了赤比的头去见楚王，楚王见了很高兴。外乡人说："这是勇士的头，应当用汤锅煮烂才可以。"楚王按照他的话做了。煮了三天三夜，头还没煮烂，不时从汤锅中跃起，朝着楚王怒目而视。外乡人说："这孩子的头煮不烂，希望大王能亲自到锅边来督视，这样肯定能煮烂。"楚王于是来到锅边探头察看。外乡人挥起剑轻轻一划，楚王的头便落到滚烫的热水中。外乡人又拿起剑在自己颈上一抹，自己的头也落到汤锅中。三颗头在水中立刻就烂掉了，分不清谁是谁的。楚国的臣民只好将锅中的骨肉分成三份埋葬，称其墓为"三王墓"。这墓现在还在汝南北面的宜春县界内。

少女化蚕

【原文】

旧说太古之时，有大人远征，家无余人，唯有一女，牡马一匹，女亲养之。穷居幽处，思念其父，乃戏马曰："而能为我迎得父还，吾将嫁汝。"马既承此言，乃绝缰而去，径至父所。父见马惊喜，因取而乘之。马望所自来，悲鸣不已。父曰："此马无事如此，我家得无有故乎？"亟乘以归。

为畜生有非常之情，故厚加刍养。马不肯食，每见女出入，辄喜怒奋击，如此非一。父怪之，密以问女，女具以告父，必为是故。父曰："勿言，恐辱家门，且莫出入。"于是伏弩射杀之，暴皮于庭。

父行，女于邻女与皮所戏，以足蹙之，曰："汝是畜生，而欲取人为妇耶？即招此屠剥，如何自苦？"言未及竟，马皮蹶然而起，卷女以行。邻女忙迫，不敢救之，走告其父。父还，求索，已出失之。

后经数日，得于大树枝间。女及马皮尽化为蚕，而绩于树上。其茧纶理厚大，异于常蚕。邻妇取而养之，其收数倍。因名其树曰"桑"。桑者，丧也。由斯百姓竞种之，今世所养是也。

——《搜神记》

【译文】

旧时传说，在远古时候，有个中年人随军远征，家里没有其他人，只有个女儿，一匹公马，女儿亲自喂养它。女儿独自生活，非常孤寂，思念父亲，便跟马开玩笑说："你要是能替我把父亲接回来，我就嫁给你。"马听了这话，便扯断缰绳跑掉了，一直跑到父亲的营地。父亲看见自家的马，很惊喜，牵过来骑上。马朝着来时的路不停地悲鸣。父亲说："这匹马无故这样，难道是家里有什么变故吗？"急忙骑马回家去。

因为这匹马能通人性，不同寻常，所以加草加料格外照顾。但马不肯吃，只是一看见女孩儿进出，就激动万分，又踢又叫。这样的情景，不止一回。父亲感到奇怪，暗中询问女儿，女儿据实相告，说一定是这个原因。父亲嘱咐说："你别说出去，这是家门的耻辱，以后你都不要露面。"于是埋伏弓弩，把马射杀了。还剥下马皮，晾在庭院中。

父亲出门去，女儿跟邻家女孩儿在马皮附近游戏。女儿用脚踢马皮说："你是畜生，还想娶人当妻子？招来杀身剥皮之祸，真是自讨苦吃！"话还没说完，马皮突然竖起，卷起女孩儿旋转而去。邻家女孩又慌又怕，不敢去营救，只好跑去找女孩儿的父亲。父亲回家，四处寻找，女孩被马皮裹走，早就不见踪影了。

又过了几天，才在一棵大树的枝杈间找到。裹着马皮的女儿已经化作蚕，在树上吐丝结茧。那蚕茧纹理厚大，与一般的蚕茧不同。邻家妇女取来饲养，收成竟是普通蚕的好几倍。于是把那棵树称作“桑”。“桑”跟“丧”是同音，这是女孩在树上丧失生命的缘故。因此，百姓都竞相种植这种树，今天人们所养的蚕，也是这种蚕。

钟馗捉鬼

【原文】

（唐玄宗）昼梦一小儿绛衣犊鼻，跣一足，盗武惠妃绣香囊及帝玉笛，绕殿奔戏。帝叱问之，鬼曰：“臣乃虚耗也。于空虚中盗人物，耗人家喜事。”帝怒，欲呼武士；忽一大鬼胡髯黑面，破帽蓝袍，插笏执剑，先刳小鬼目，后擘其肢而啖之。帝问何神，奏曰：“臣终南举子钟馗，应试不捷，羞归故里，触殿阶死。奉旨赐进士，蒙以绿袍殓葬，岁时祭祀。愿与皇除天下虚耗妖孽！”言讫舞而去。帝觉，病遂瘳。诏神画手吴道子图其象，悬后宰门。

——《历代神仙统建通鉴》

【译文】

唐玄宗白天小睡，梦见一个穿着深红上衣、犊鼻裤的小儿，光着一只脚，偷了武惠妃的绣花香囊和玄宗的玉笛，绕着宫殿奔跑嬉戏。玄宗斥问他是谁，小鬼回答说：“我的名字叫‘虚耗’，能凭空偷盗别人的财物，耗损别人的喜庆之气。”玄宗听了大怒，打算呼唤武士。突然出现一个大鬼，一张黑脸上满是络腮胡子，戴着破帽，穿着蓝袍，插着笏板，手拿宝剑，（捉住小鬼后，）先剜出小鬼的眼睛，再剖开四肢，然后吃了它。玄宗问他是何方神灵，他回答说："我是终南山读书应举的人，名叫钟馗。因为参加科举考试落了榜，无颜还乡，在殿前头撞石阶而死。皇帝降旨赐我为进士，身穿绿色官服入殓，每年都受到祭奠。我愿为皇上铲除天下的妖魔鬼怪！"说完，挥袖而去。玄宗梦醒，病就好了。于是诏命神画手吴道子画了钟馗的像，挂在玄武门。

门神由来

【原文】

沧海之中，有度朔之山，上有大桃木。……其枝间东北曰鬼门，万鬼所出入也。上有二神人，一日神荼，一日郁垒，主阅领万鬼，害恶之鬼，执以苇索而以食虎。于是黄帝乃作礼，以时驱之。立大桃人，门户画神荼、郁垒与虎，悬苇索，以御凶魅。

——《三教源流搜神大全》

门神乃是唐朝秦叔保、胡敬德二将军也。按传唐太宗不豫，寝门外抛砖弄瓦，鬼魅呼叫，三十六宫、七十二院夜无宁静。太宗惧之，以告群臣。秦叔保出班奏曰："臣平生杀人如剖瓜，积尸如聚蚁，何惧魍魅乎？愿同胡敬德戎装立门以伺。”太宗可其奏，夜果无警。

太宗嘉之，谓二人守夜无眠，太宗命画工图二人之形象全装，手执玉斧，腰带鞭链弓箭，怒发一如平时，悬于宫掖之左右门，邪祟以息。后世沿袭，遂永为门神。

——《论衡》

【译文】

在沧海之中有座度朔山，山上长有大桃树。……它的树枝的东北方向称为鬼门，是众鬼出入的地方。桃树上有两个神灵，一个叫神荼，一个叫郁垒，掌管统领众鬼。如有凶恶害人之鬼，便用苇绳捆绑，送去喂虎。于是黄帝创制礼俗，按时令驱赶恶鬼。百姓们立一个高大的桃木偶，在门扇画上神荼、郁垒和老虎的画像，悬挂苇绳，用来抵御恶鬼凶煞。

民间门神画的是唐朝的秦琼、尉迟恭两位将军。传说唐太宗身体不舒服，夜间总觉得寝宫门外有鬼魅乱抛砖瓦，大呼小叫，以至于宫廷内夜夜不得安宁。太宗很害怕，告知群臣。秦琼站出来陈述意见说：“我平生杀人如切瓜，尸体堆积如蚁山，还怕什么鬼魅？我愿意同尉迟恭全副武装，把守宫门。”太宗同意。这一夜果然平安无事。

太宗嘉奖二人，又担心他们两人彻夜值夜无法休息，就命令画工将两人全副武装的形象画出，手拿玉斧，腰间带着钢鞭、铁链、弓箭等，怒发冲冠，面目如生。

然后挂在皇宫的左右门上，鬼怪作祟等事果然平息了。后世相沿成习，秦琼、尉迟恭两人也永远成了门神。

羽衣女子

【原文】

豫章新喻县男子，见田中有六七女，皆衣毛衣，不知是鸟。匍匐往，得其一女所解毛衣，取藏之。即往就诸鸟。诸鸟各飞去，一鸟独不得去。男子取以为妇，生三女。其母后使女问父，知衣在积稻下。得之，衣而飞去。后复以迎三女，女亦得飞去。

——《搜神记》

【译文】

江西豫章新喻县有个小伙子，（一天）看见田间有六七个少女，都穿着羽毛织就的美丽衣服，却不知道她们是神鸟变的。（小伙子）身体贴地缓慢爬向前，悄悄拿走了其中一位脱下的羽衣，藏了起来。然后立即返回接近众少女。少女们一见，都化作鸟飞走了，只有一位姑娘（因为没了羽衣），不能飞去。小伙子便娶她做了妻子，先后生了三个女儿。羽衣姑娘后来让女儿问父亲，得知羽衣藏在稻谷堆下面。终于翻找出来，穿上飞走了。后来又回来接走了三个女儿，女儿也都跟着母亲飞去了。

白水素女

【原文】

晋安帝时，侯官人谢端，少丧父母，无有亲属，为邻人所养。至年十七八，恭谨自守，不履非法。始出居，未有妻，邻人共愍念之，规为娶妇，未得。

端夜卧早起，躬耕力作，不舍昼夜。后于邑下得一大螺，如三升壶。以为异物，取以归，贮瓮中。畜之十数日，端每早至野还，见其户中有饭饮汤火，如有人为者。端谓邻人为之惠也。数日如此，便往谢邻人。邻人曰："吾初不为是，何见谢也？"端又以邻人不喻其意，然数尔如此，后更实问，邻人笑曰："卿已自取妇，密著室中炊爨，而言吾为之炊耶？"端默然心疑，不知其故。

后以鸡鸣出去，平早潜归，于篱外窃窥其家中，见一少女，从瓮中出，至灶下燃火。端便入门，径至瓮所视螺，但见壳。乃到灶下问之曰："新妇从何所来，而相为炊？"女大惶惑，欲还瓮中，不能得去，答曰："我天汉中白水素女也。天帝哀卿少孤，恭慎自守，故使我权为守舍炊烹。十年之中，使卿居富得妇，自当还去。而卿无故窃相窥掩。吾形已见，不宜复留，当相委去。虽然，尔后自当少差。勤于田作，渔采治生。留此壳去，以贮米谷，常可不乏。"端请留，终不肯。

时天忽风雨，翕然而去。

端为立神座，时节祭祀。居常饶足，不致大富耳。于是乡人以女妻之，后仕至令长云。今道中素女祠是也。

——《搜神后记》

【译文】

晋安帝在位时，侯官那个地方有个叫谢端的年轻人，从小父母双亡，没有别的亲人，被邻居养大。长到十七八岁，为人恭敬有礼，严守礼法制度。刚刚独立生活时，（独自一人，）没有妻子。邻人们怜悯牵挂他，共同商量为他娶妻，一时没找到合适的。

谢端每日晚睡早起，努力耕作，日夜不停。有一天，他在邑墙下捡到一只大田螺，足足有三升水壶那么大。（谢端）以为见它是个稀奇物，就捡了回来，养在水缸中。养了十几天后，谢端（发现，）每天早晨到田里去，回来时就见屋中有热饭热汤，灶火都还没有熄灭，像有特意做的。谢端以为是邻居在照顾他。一连几天都是这样，他便去邻居家致谢。邻居说："这事不是我干的，你为什么要谢我呢？"谢端却认为是邻居不愿告诉自己。但接下的几天又是这样，便又去问邻居。邻居笑着说："你自己娶了媳妇，偷偷藏在屋里替你烧火煮饭，却还说是我干的！"谢端听了没说话，但心中疑惑，不知什么原因。

第二天，谢端在鸡叫时出门，上午便偷偷归来，在篱笆外边偷看家中情形。只见一位少女从水缸中出来，到炉灶边去点火。谢端悄悄进门，径直走到水缸边去看，只见一只田螺空壳。于是到灶边去问女子：“小娘子从哪里来，为什么替我做饭？”那女子见到谢端，非常惊慌，想要回缸去，却又不能够离开。（只得）回答说：“我是天河中的白水素女。天帝因为怜悯你自幼是个孤儿，为人恭敬守礼，因此派我来暂时替你看屋做饭。十年之中，让你能发财娶妻，我便回去。但是你无故偷看，还逼问我，我已经暴露身份，不能再留下，只好离你而去。尽管如此，你今后的生活还是会轻松一些。（希望你）辛勤耕田，打鱼砍柴，自食其力。这个田螺壳留给你，用来盛米，可以常吃常有，不会缺乏。”谢端请求（素女）留下，素女始终不肯。这时突然天降风雨，素女忽然就不见了。

谢端为素女立下神位，按年节祭祀。以后的日子衣食丰足，只是没能暴富罢了。于是同乡有人把女儿嫁给他。后来谢端还做了官，直做到县令，如今侯官路边有座素女祠，就是为纪念素女而修建的。

三卫传书

【原文】

开元初，有三卫自京还青州，至华岳庙前，见青衣婢，衣服故恶，来白云：“娘子欲见。”因引前行。遇见一妇人，年十六七，容色惨悴，曰：“己非人，华岳第三新妇，夫婿极恶；家在北海，三年无书信，以此尤为岳子所薄。闻君远还，欲以尺书仰累，若能为达，家君当有厚报。”遂以书付之。其人亦信士也，问北海于何所送之。妇人云：“海池上第二树，但扣之，当有应者。”言讫诀去。

及至北海，如言送书。扣树毕，忽见朱门在树下，有人从门中受事，人以书付之。入顷之，出云：“大王请客人。”随行百余步，后入一门，有朱衣人，长丈余，左右侍女数千百人。坐毕，乃曰：“三年不得女书。”读书大怒，曰：“奴辈敢尔！”乃传教，召左右虞候。须臾而至，悉长丈余，巨头大鼻，状貌可恶。令调兵五万，至十五日，乃西伐华山，无令不胜。二人受教走出。乃谓三卫曰：“无以上报。”命左右取绢二疋赠使者。三卫不说，心怨二疋之少也。持别，朱衣人曰：“两绢得二万贯，方可卖，慎无贱与人也。”

三卫既出，欲验其事，复往华阴。至十五日，既暮，遥见东方黑气如盖，稍稍西行。雷震电掣，声闻百里。须臾，华山大风折树，自西吹云。云势益壮，直至华山。雷火喧薄，遍山涸赤，久之方罢。及明，山色焦黑。

三卫乃入京卖绢。买者闻求二万，莫不嗤骇，以为狂人。后数日，有白马丈夫来买，直还二万，不复踌躇，其钱先已锁在西市。三卫因问买所用。丈夫曰：“今以渭川神嫁女，用此赠遗。天下唯北海绢最佳，方欲令人往市，闻君卖北海绢，故来尔。”三卫得钱，数月货易毕，东还青土。行至华阴，复见前时青衣云：“娘子故来谢恩。”便见青盖犊车，自山而下，左右从者十余辈。

既至，下车，亦是前时女郎，容服炳焕，流目清眄，迨不可识。见三卫，拜乃言曰："蒙君厚恩，远报父母。自闹战之后，恩情颇深，但愧无可仰报尔。然三郎以君达书故，移怒于君，今将五百兵，于潼关相候。君若往，必为所害，可且还京。不久大驾东幸，鬼神惧鼓车，君若坐于鼓车，则无虑也。"言讫不见。

三卫大惧，即时还京。后数十日，会玄宗幸洛，乃以钱与鼓者，随鼓车出关，因得无忧。

——《太平广记》

【译文】

唐代开元初年，有个叫三卫的年轻人，从京城长安回青州去。经过华山时，在华岳庙前遇到一个青衣侍女，衣服破旧，对三卫说："娘子要见您。"于是在前面引路，见到一位十六七岁的女子，面容凄惨而憔悴，对三卫说："我不是人类，是华山之神的三儿媳。我的丈夫非常凶暴。我娘家在北海，三年间都没有音信，因此更被丈夫看不起。听说您远道回家，想烦劳您送封家书。如能把信送到，我父亲一定会加倍报答您的。"于是把信交给三卫。三卫是个诚信之士，便问信到北海如何投递。女子说："到海池边找第二棵树，敲一敲，就会有人开门。"说罢告别而去。

三卫来到北海，按照女子所嘱咐找到那棵树，敲一敲，果然树下有红门敞开，有人从门中走出接待，三卫便将信交给他。那人进去一会儿，出来说："大王请客人进去。”三卫随那人走了百余步，之后进入一扇门，见到一位穿红袍的人，身高一丈多，左右围侍着成百上千的侍女。三卫落座，红袍人说：“我三年都没接到女儿的书信了。”于是展信而读，读完大怒道：“小奴才怎敢如此！”于是传令，召左右将军前来觐见。不一会儿两人来到，都身高一丈开外，巨头大鼻、很是凶恶。红袍者命令二人调集五万神兵，本月十五日讨伐华山，只准胜，不许败。两人领命而去。红袍者这才回过头来对三卫说：“您的大恩，难以回报。”命左右取来两匹绢，送给三卫。三卫嫌两匹太少，心中不怎么高兴。临别时红袍者嘱咐他说：“这两匹绢很珍贵，等有人出价两万贯再卖，千万不要随便就便宜卖了。”

三卫告辞出来，想要看看华山报仇之事，于是再度前往华阴。到了十五日那天黄昏，果然看见东方天空黑云似墨、如同伞盖，缓缓向西方逼近。云中电闪雷鸣，百里以外都能听到。顷刻之间，华山上就刮起拔木毁屋的大风，自西向东吹向来犯的乌云。乌云气势反而更猛，直扑华山而来。顿时雷火喧天，把一座华山烧得通红，过了很久才平息下来。等到天明一看，只见山峰被烧焦一片。

三卫又到长安卖绢，问价的听说要两万贯，都惊奇并嘲笑三卫，认为他是个狂人。不料几天以后，有个骑白马的男子来买绢，直接出价二万，毫不犹豫，还说他的钱早就在长安西市准备好了。三卫很好奇，问对方买绢做什么。男子回答：“近日渭川之神嫁女儿，要买这个作贺礼。天下的绢，只有北海的最好，正要让人去买，听说你这里有卖的，所以前来。”三卫得钱，又在长安逗留数月，将生意处理完，才打算回青州去。走到华阴，又碰到前时见过的青衣侍女，说：“娘子特地前来感谢您的恩德。”三卫见有青色伞盖的牛车从山上下来，左右十几人相随。

到了后，从车上下来的，正是上次见过的那个女郎，（如今却）光彩照人，目光流转，几乎不能辨认。见到三卫，女郎行礼拜谢说：“受您大恩，把我的消息告诉父母。自从父亲派兵前来，我们夫妻间的感情融洽多了，只是惭愧没法答谢您的大恩。不过我的丈夫三郎因为您送信，迁怒于您，如今带着五百神兵在潼关等候。您要是前往，一定会被害的。您可暂时回到长安，不久皇帝将要东巡，鬼神最怕皇帝的鼓车。您要是坐在鼓车上，就没有什么可以担忧的了。”女郎说完就不见了。

三卫听了，非常害怕，立即返回长安。过了几十天，果然遇上唐玄宗要去洛阳。三卫以金钱买通司鼓者，藏在鼓车里出了潼关，因而平安无事，回家乡去了。

古巢老妇

【原文】

古巢一日江水暴涨，寻复故道。港有巨鱼，重万斤，三日乃死。合郡皆食之，一老姥独不食。忽有老叟曰：“此吾子也，不幸罹此祸。汝独不食，吾厚报汝。若东门石龟目赤，城当陷。”姥日往视。有稚子讶之，姥以实告。稚子欺之，以朱傅龟目。姥见，急出城。有青衣童子曰：“吾龙之子。”乃引姥登山，而城陷为湖。

——《搜神记》

【译文】

在古巢那地方，有一天江水暴涨，没多久又回落到河道中。有一条巨大的鱼搁浅在港湾里，重达万斤，三天后才死掉。满郡的百姓都来割鱼吃肉，只有一位老妇不肯吃。这天忽然来了一个老汉，对老妇说：“那条大鱼是我的儿子，不幸遭遇这个灾祸，唯独你不肯吃，我要重重地报答你。假如你看见城东门的石龟眼睛变红了，那么这座城池就要陷没了。”于是老妇人每天都去东门看石龟。有个小孩子觉得奇怪，问她原因，老妇如实相告。小孩子欺骗她，偷偷拿朱砂涂在龟眼上。老妇见了，急忙出城逃难。路上遇到一个青衣童子，说：“我是龙的儿子。”于是引导老妇登上高山。待回头看时，整座城已沦陷为湖。

农夫骂雷公

【原文】

吴兴人章苟者，五月中，于田中耕，以饭置菰里，每晚取食，饭亦已尽，如此非一。后伺之，见一大蛇偷食。苟遂以铵斫之，蛇便走去。苟逐之，至一坂，有穴，便入穴，但闻啼声云：“斫伤我某甲。”或言：“当何如？”或云：“付雷公，令霹雳杀奴！”须臾，云雨冥合，霹雳覆苟上。苟乃跳梁大骂曰：“天使！我贫穷，展力耕垦。蛇来偷食，罪当在蛇，反更霹雳我耶？乃无知雷公也！雷公若来，吾当以铵斫汝腹！”须臾，云雨渐散，转霹雳向蛇穴中。蛇死者数十。

——《搜神后记》

【译文】

吴兴有个叫章苟的人，五月中旬，在田中耕作，把饭放到田头的菰丛中。但每晚取饭时，发现饭都被吃光了，这样不止一次。后来，他躲在一边等候，发现是一条大蛇在偷吃。章苟便用铵（一种器物）去砍蛇，蛇逃走了。章苟追到一处山坡，山坡上有个洞，蛇便钻进洞中。只听见蛇哭着说：“砍伤我的是某甲。”另一个声音说：“那又怎样？”还有一个说：“交给雷公，劈死这个奴才！”顷刻间，云雨聚拢，天昏地暗，雷霆在章苟头上响个不停。章苟气极了，跳着脚大骂说：“天使！我是个穷汉，每天努力耕作，蛇却来偷我的食物。过错在蛇，怎么反倒劈我？这真是个无知的雷公！雷公要是来，我一定拿铵砍破它的肚子！”不一会儿，章苟头上云雨消散。雷霆转向蛇穴，几十条蛇被劈死。

隋侯获珠

【原文】

昔隋侯因使入齐，路行深水沙边，见一小蛇，可长三尺，于热沙中宛转，头上血出。隋侯见而愍（mǐn）之，下马以鞭拨入水中，语曰："汝若是神龙之子，当愿拥护于我。"言讫而去。

至于齐国，经二月还，复经此道。忽有一小儿，手把一明珠，当道送与。隋侯曰："谁家之子？而语吾。"答曰："昔日深蒙救命，甚重感恩，聊以奉贶。"侯曰："小儿之物，讵可爱之？"不顾而去。

至夜，又梦见小儿持珠与侯曰："儿乃蛇也，早蒙救护生全，今日答恩，不见垂纳，请受之，无复疑焉。"侯惊异。迨明，见一珠在床头，侯乃收之而感曰："伤蛇犹解知恩重报，在人反不知恩乎？"侯归，持珠进纳，具述元由，终身食禄耳。

——《搜神后记》

【译文】

从前隋侯出使到齐国去，路上经过一处深水潭的沙岸，看见一条小蛇，身长三尺，在晒烫的沙滩上痛苦辗转，头上还流着血。隋侯看见了，心生怜悯，下马用马鞭将它挑进水中，说道："你如果是神龙的儿子，可要佑护我。"说完就上马而去。

隋侯到齐国办完公事，两月后返回，又经过此处。忽然看见一个小孩子，手中拿着一颗明珠，站在路中央要送给他。隋侯说：“你是谁家的孩子？请告诉我。”对方回答：“前些日子蒙受您的救命之恩，十分感激，送给您这颗明珠，聊表谢意。”隋侯说：“小孩子的东西，我哪能接受？”不回头看就走掉了。

到了夜里，（隋侯）在梦中再次见到这个小孩子，仍然拿着珠子给他说：“我本是蛇，早先承蒙您的救护，保全性命，今日报恩，您又不接纳。您还是拿着吧，别再犹豫了。”隋侯很惊讶。等到天亮，果然看见有颗明珠放在床头。隋侯收起珠子，感叹说：“一条受伤的蛇，都懂得知恩图报，人有时反而不懂这个道理。”隋侯回国，将珠子献给国君，并详述得珠的缘由。国君褒奖他，隋侯也因此终身做官享受俸禄。

白泽神兽

【原文】

（黄）帝巡狩，东至海，登桓山，于海滨得白泽神兽，能言，达于万物之情。因问天下鬼神之事。自古精气为物、游魂为变者凡万一千五百二十种，白泽言之；帝令以图写之，以示天下。

——《轩辕本纪》

【译文】

黄帝打猎的时候，向东到了海上，登上桓山，在海边得到了白泽神兽。白泽能说人话，通达万物之情。皇帝于是问他鬼神的事情。白泽说，从古以来，精气变化为物，游魂变化为鬼的一共有一万一千五百二十种。黄帝命令它用图画出来，昭告天下。

牛郎织女

【原文】

天河之东有织女，天帝之女也。年年机杼劳役，织成云锦天衣，容貌不暇整。天帝怜其独处，许嫁河西牵牛郎，嫁后遂废织衽。天帝怒，责令归河东，许其一年一度相会。

——《月令广义》

桂阳成武丁有仙道，常在人间，忽谓其弟曰："七月七日，织女当渡河，诸仙悉还宫；吾向已被召，不得停，与尔别矣。"弟当问："织女何事渡河？兄当何还？"答曰："织女暂诣牵牛，吾去后三十年当还耳。"明旦，成武丁失所在。世人至今犹云七月七日织女嫁牵牛。

——《续齐偕记》

旧说云，天河与海通。近世有人居海渚者，年年八月有浮槎，去来不失期。人有奇志，立飞阁于槎上，多赍粮，乘槎而去。十余日中，犹观星月日辰，自后芒芒忽忽，亦不觉昼夜。去十余日，奄至一处，有城郭状，屋舍甚严，遥望宫中多织妇。见一丈夫，牵牛渚次饮之。牵牛人乃惊问曰："何由至此？"此人具说来意，并问此是何处。答曰："君还至蜀郡，访严君平则知之。"竟不上岸，因还如期。后至蜀问君平，曰："某年月日有客星犯牵牛宿。"计年月，正是此人到天河时也。

——《博物志》

【译文】

天河的东面有织女，是天帝的女儿。年年都织布劳动，织成了云锦天衣，导致自己都没有时间整理自己的容颜。天帝可怜她自己一个人独处，允许她嫁给河西的牛郎。织女结婚后渐渐荒废了织布，让天帝很生气。天帝责令织女回到河东，只让她和牛郎一年见一次面。

桂阳有一个成仙的人叫成武丁，常在人间居住，有一天，他忽然对自己的弟弟说："七月七日，织女要渡河，所有的神仙都要还宫；我已经被召集，不能停顿，和你告别啊。"他的弟弟问："织女因为什么时候渡河？哥哥什么时候回来？"回答说："织女要嫁给牵牛，我去后三十年就返还。"第二天早上，成武丁消失在他的住所。世人至今还说七月七日织女嫁牵牛。

从前，天河与海相通。近世有一个居住在海边的人，每年都看见在八月有浮槎（传说中来往于海上和天河之间的木筏）出现，去来都很按时。有一个人有不平凡的志向，站立在浮槎上的飞阁上，带了很多粮食，乘坐浮槎去了。过了十多天，在白天还能看见星月日辰，从那以后就只有芒芒忽忽，已经分不清白天黑夜了。又过了十多天，才到一个地方，有城郭的样子，屋舍摆列整齐，远远看见宫中有很多织妇。看见一丈夫，牵着牛在水边饮水。牵牛人很惊奇地问：“你是因为什么到这里的？”这个人将来意详细说了，并问这里是哪里。回答说：“你可以到蜀郡，访问严君平就知道。”那人于是不上岸，如期归还。后来到蜀郡，问君平，说：“某年月日有客星犯牵牛星。”计算年月，正是那个人到天河的时间。

正直的刑官皋陶

【原文】

曰若稽古，皋陶曰：“允迪厥德，谟明弼谐。”禹曰：“俞，如何？”皋陶曰：“都！慎厥身，修思永。敦叙九族，庶明励翼，迩可远在兹。”禹拜昌言曰：“俞！”

皋陶曰：“都！在知人，在安民。”禹曰：“吁！咸若时，惟帝其难之。知人则哲，能官人。安民则惠，黎民怀之。能哲而惠，何忧乎驩兜？何迁乎有苗？何畏乎巧言令色孔壬？”

皋陶曰："都！亦行有九德。亦言，其人有德，乃言曰，载采采。"禹曰："何？"

皋陶曰："宽而栗，柔而立，愿而恭，乱而敬，扰而毅，直而温，简而廉，刚而塞，强而义。彰厥有常，吉哉！日宣三德，夙夜浚明有家；日严祗敬六德，亮采有邦。翕受敷施，九德咸事，俊乂在官。百僚师师，百工惟时，抚于五辰，庶绩其凝。

——《尚书》

【译文】

考察古代传说，皋陶曾说："要真正履行先王的德政，就会决策英明，大臣们团结一致。"禹说："是啊！怎样才能做到呢？"皋陶说："啊，对自己的言行要谨慎，自己的修养要持之以恒。要使亲属宽厚顺从，使众多贤明的人努力辅佐，由近及远，首先从这里做起。"禹十分佩服这种精当的见解，说："是这样啊！"

皋陶说："啊！重要的还在于知人善任，在于安定民心。"禹说："唉！要是完全做到这些，连尧帝也会感到困难啊！知人善任是明智的表现，能够用人得当。能安定民心便是给他们的恩惠，臣民都会记在心里。能做到明智和给臣民恩惠，哪里会担心驩兜？哪里还会放逐三苗？哪里会惧怕花言巧语、察言观色的奸佞之人呢？"

皋陶说："啊！检验一个人的行为可以依据九种品德。检验言论也一样，如果说一个人有德行，那就要指出许多事实作为充分的依据。"禹说："什么叫作九德？”

皋陶说：“宽宏大量而又严肃恭谨，性情温和而又有主见，态度谦虚而又庄重严肃，具有才干而又办事认真，善于听取别人意见而又刚毅果断，行为正直而又态度温和，直率旷达而又注重小节，刚正不阿而又脚踏实地，坚强勇敢而又合符道义。能在行为中表现出这九种品德，就会吉祥顺利啊！每天都能在行为中表现出九德中的三德，早晚恭敬努力地去实行，就可以做卿大夫。每天都能庄重恭敬地实行九德中的六德，就可以协助天子处理政务而成为诸侯。如果能把九种品德集中起来全面地实行，使有这些品德的人都担任一定职务，那么在职官员都是才德出众的人了。大夫们互相学习仿效，官员们都想尽职尽责，严格按照五展运行和四时变化行事，众多的功业就可以建成了。”

雨师赤松子

【原文】

赤松子者，神农时雨师也，服冰玉散，以教神农，能入火不烧。至昆仑山，常入西王母石室中，随风雨上下。炎帝少女追之，亦得仙，俱去。至高辛时，复为雨师，游人间。今之雨师本是焉。

——《搜神记》

【译文】

赤松子，是神农时候的雨师。他服用一种用王屑等浸泡在水中而制成的使人发热的药物，并把它教给了神农。（他）能进入火中而不被焚烧。（他）到昆仑山，经常进入仙女西王母的石室之中，随着风雨来来去去。炎帝的小女儿追随他，也得了仙道，跟他一起走了。到高辛帝的时候，他又做了雨师，曾到人间游玩。现在的雨师就是来源于此。

击壤翁的理论

【原文】

《论语》曰："大哉，尧之为君也！荡荡乎民无能名焉。"传曰："有年五十击壤于路者，观者曰：'大哉，尧德乎！'击壤者曰："'吾日出而作，日入而息，凿井而饮，耕田而食，尧何等力！'"此言荡荡无能名之效也。言荡荡，可也；乃欲言民无能名，增之也。四海之大，万民之众，无能名尧之德者，殆不实也。

——《论衡》

【译文】

《论语》说："尧作为君主，真太伟大了！他的德行浩大无边，老百姓竟不知道怎么称赞他。"传书上说："有个五十岁的老头在路上玩击壤的游戏，旁观的人说：‘尧的功德真伟大！’玩击壤的老头则说：‘我太阳升起就劳动，太阳落山才休息，凿井喝水，耕田吃饭，这里边尧有什么样的力量！’”这种说法是要证明尧的功德浩大无边，没有一个人能说得出来。说他功德广大，可以；要说老百姓竟不知道怎么称赞他，是夸大。四海浩大，万民众多，竟没有一个人能说出尧的功德，恐怕不是事实。

许由和巢父

【原文】

巢父者，尧时隐人也。山居不营世利，年老以树为巢，而寝其上，故时人号曰巢父。尧之让许由也，由以告巢父，巢父曰：“汝何不隐汝形，藏汝光，若非吾友也！”击其膺而下之，由怅然不自得。乃过清泠之水，洗其耳，拭其目，曰：“向闻贪言，负吾之友矣！”遂去，终身不相见。

——《高士传》

许由，字武仲，尧闻致天下而让焉，乃退而遁于中岳颍水之阳，箕山之下隐。尧又召为九州长，由不欲闻之，洗耳于颍水滨。时有巢父牵牛欲饮之，见由洗耳，问其故。对曰：“尧欲召我为九州长，恶闻其声，是故洗耳。”巢父曰：“子若处高岸深谷，人道不通，谁能见子？子故浮游，欲闻求其名誉，污我犊口！”

牵牛上流饮之。

——《高士传》

【译文】

巢父是尧时期的隐士。他在山里君主，不问世事，老了之后就以树为巢，睡觉在树上，当时的人都叫他“巢父”。在尧那个时候，有一个叫许由的，来告诉巢父。巢父说：“你为什么不隐藏你的身体，藏起来你的光芒？如果不这样，你就不是我的朋友。”巢父打击许由的身体而让他下树。许由惆怅不已。过清冷的溪水时，他洗耳，擦目，说：“以前听说贪婪的言论，辜负了自己的朋友啊！”于是离去，终身不再和巢父相见。

许由，字武仲，尧听说他很有贤能，打算把天下让给他。许由不接受，退而隐居在中岳颍水的阳面，箕山之下。尧后来又召许由为九州长，许由都不想听，在颍水河边洗耳。当时巢父牵着牛打算饮水，看见许由洗耳，就问他为什么。许由回答说：“尧打算让我出任九州长，我很讨厌听到这个消息，所以洗耳。”巢父说：“你要是居住在深谷高山之中，都没有道路达到，谁能看见你？你在世间游览，故意留下声名，想要追求名誉，简直是污染了我的牛喝的水。”于是牵着牛到上游喝水。

愚公移山

【原文】

太形、王屋二山，方七百里，高万仞。本在冀州之南，河阳之北。

北山愚公者，年且九十，面山而居。惩山北之塞，出入之迂也，聚室而谋曰："吾与汝毕力平险，指通豫南，达于汉阴，可乎？"杂然相许。其妻献疑曰："以君之力，曾不能损魁父之丘，如太形、王屋何？且焉置土石？"杂曰："投诸渤海之尾，隐土之北。"

遂率子孙荷担者三夫，叩石垦壤，箕畚运于渤海之尾。邻人京城氏之孀妻有遗男，始龀（chèn），跳往助之。寒暑易节，始一返焉。河曲智叟笑而止之，曰："甚矣，汝之不惠！以残年余力，曾不能毁山之一毛，其如土石何？"北山愚公长息曰："汝心之固，固不可彻，曾不若孀妻弱子！虽我之死，有子存焉；子又生孙，孙又生子；子又有子，子又有孙。子子孙孙，无穷匮也，而山不加增，何苦而不平？"河曲智叟亡以应。

操蛇之神闻之，惧其不已也，告之于帝。帝感其诚，命夸蛾氏二子负二山，一厝（cuò）朔东，一厝雍南。自此，冀之南，汉之阴无陇断焉。

——《列子》

【译文】

太形（今作太行）、王屋两座山，方圆达到七百里，高达七八千丈。原来它们位于冀州的南部、黄河北岸。

山的北面有一位老人，名字叫愚公，年近九十岁了，向着大山居住。苦于大山北面的阻塞，出入要绕远路，他非常苦闷。于是他召集全家人商量说：“我和你们要竭尽全力铲平这两座大山，（使道路）直通豫州南部，达到汉水南岸，好吗？”大家都表示同意。他的妻子提出疑问说：“凭您的力气，像魁父这样的小山丘都不能铲平，怎能把太形、王屋铲平呢？再说了，铲下来的石头和泥土往哪儿放呢？”大伙纷纷说：“可以把土和石头投到渤海的边上，隐土的北面。”

于是愚公率领子孙们当中能挑担的三个人，凿石掘土，然后用箕畚把土石运到渤海边上。邻居有个姓京城的寡妇，有个正在换牙（七八岁）的男孩，也蹦蹦跳跳前来帮忙。夏去冬来，才能往返一次。河曲上的智叟嘲笑愚公，并阻止他说：”你太笨啦！你在世上也就还剩最后的几年，就凭这几天，剩下的这点力气，还不能毁掉山上的一根草木，又能把这座大山的土石怎么样？”北山愚公长叹一口气，说：“你思想太顽固，顽固得不开窍，连个寡妇、孤儿都比不上。即使我死了，还有我儿子在呀；儿子又生孙子，孙子又生儿子；儿子又有儿子，儿子又有孙子；子子孙孙，永无穷尽，可是这两座山却不会再增高加大，还愁什么挖不平呢？”河曲智叟无话可答。

山神听到了这件事，害怕愚公不停地挖山，就向天帝禀报了这件事。天帝被愚公的诚心感动，命令大力神夸蛾氏的两个儿子背起两座大山，一座放置在朔方东部，一座放置在雍州南部。从此，冀州的南部，直到汉水的南岸，再也没有高山阻隔交通了。